こころの読み方

人見一彦

INITs

目次

アンドロメダ星雲が友だち 10
太陽を呑み込む 21
歯は何回も生えるのだ 28
時がすべてだ 34
石になれ！ 43
ボクはウンコだ 49
ボク、混沌です 61
ボク、鏡です 66
オトコ・オンナ 74
オト・オカアサン、オカ・オトウサン 90
十ヶ月で自殺した 97
ガンバロー 102

Hitomi Kazuhiko Essays J

ある文学青年 109
温かい毛布 115
小鳥の死 121
自己を見る 126
娘が理解できない 135
望まない出産 149
妻の妊娠、夫の悪阻 157
性愛と多彩な身体症状 160
地球が衝突する 170
病者によるカルテの記入 179
夢の架け橋 190
限界状況と宗教体験 203

あとがき 217
主要参考文献 220

Hitomi Kazuhiko Essays I

こころの読み方

アンドロメダ星雲が友だち

世の中の誰も信用できない、地球上の誰も信用できない追い詰められた日々のなかで、かろうじてこころのバランスを保っている不思議な青年に出会った。対人関係のストレスに悩んでいる時、わたしはこの青年から「アンドロメダ星雲を友だちにしている」という話を聞いた。鬱陶しい気持ちがスッと晴れていくのを感じた。狭くなっていたこころが広くなった。

なんという壮大な話であろう。しかし、青年がアンドロメダ星雲を友だちにするまでには、長い期間にわたる対人関係の悩みがあった。友だちができなかった。ようやくできた友だちも自分から去ってしまった。裏切られたといってもよかった。教師に訴えてもわかってくれない。我慢しろと言うばかりである。誰も信じられなくなった。親に話しても説教されるばかりである。世の中を信用できなくなった。一人ぼっちだ。さみしい、かなしい、死んだほうがましだ……。

孤立無援になり、追い詰められ、眠れない日が続いた。家のなかは寝静まっている。昼間は閉じている自分の部屋のカーテンを用心しながら、そっと開けてみた。誰も見張っていないようだ。ふと見上げると、満天の星が、瞳のなかに飛び込んできた。

不思議な声

突然、声のようなものを聞いた気がした。

最初は、なにかの物音かもしれないと思った。なんとなく気になったが、そのままにしておいた。次の日、家族が寝静まるのを待って、夜中に、そっとカーテンを開けて、星空を眺めた。すると、やはり聞こえてくる。じっと聞き耳を立てていると、なにかが聞こえる。単なる物音ではないようだ。

次の日も、次の日も、このようなことを続けていると、次第にはっきりしてきた。人の声に似ている。この世のものとは思えない不思議な声だ。

声の主は人間の想像を超えたものであった。

「アンドロメダ星雲」

「誰ですか」

「アンドロメダ星雲よ」

「アンドロメダ星雲って、あの宇宙の遠くにある星ですか」

「遠くの星ですよ」

「ぼくは見えません」

「見えますよ」

「ぼくにはたくさんの星が見えるだけです。アンドロメダ星雲さんがどこにいるのか分かりません」

「分かりますよ」

「ぼくは、一人ぼっちです」

「一人ぼっちですね」

「さみしいです」

「さみしくないですよ」

「えっ、アンドロメダ星雲さんが友だちになってくれるのですか」

それ以来、一人ぼっちでなくなった。友だちがいなくてもかまわない。仲間はずれされてもかまわない。家族が分かってくれなくてもかまわない。世の中から疎外されてもかまわない。そうだ。地球から追い出されたってかまわない。なにも心配することはない。アンドロメダ星雲という友だちがいるのだ。会いたくなったら、夜中に、そっとカーテンを開ければ、「アンドロメダ星雲さん」に会えるのだ。

アンドロメダ星雲

この話を聞いて、アンドロメダ星雲のことを調べたくなった。アンドロメダ星雲は現在ではアンドロメダ銀河と呼ばれる、わたしたちが存在している天の川銀河の友だちである。天の川銀河のなかに太陽系が含まれており、その太陽系のなかに、わたしたちの地球が含まれている。ちっぽけな太陽系の仲間などではない。二百三十万光年のかなたに浮かんでいる大きな銀河の仲間のひとつだ。

そこまでの距離はどの位か考えたことがあるだろうか。学校の仲間だって、家族だって、せいぜい数十センチメートルから数キロの距離のなかに暮らしている。故郷から遠く離れていても、日本の国内ならせいぜい一千キロから二千キロの範囲に過ぎない。たとえ地球の裏側に暮らしていても、たいした距離ではない。地球の直径は一万二千七百五十六・三キロに過ぎない。一周しても一万二千七百五十六・三×三・一四キロだ。地球から太陽までの距離もせいぜい一億五千万キロである。

それに比べて、アンドロメダ星雲は二百三十万光年のかなたに存在している。一光年は九・四六×十の十二乗キロだ。数字を並べれば、9、460、730、472、580＝九兆四千六百七億三千四十七万二千五百八十キロになる。しかも、アンドロメダ星雲はその二百三十万倍の距離にある。それでも十世紀にはすでに肉眼で発見されている。

こころの距離

天の川銀河の仲間のアンドロメダ星雲が、友だちになってくれたのだ。物理的な距離は想像もできないが、「アンドロメダ星雲さん」とのこころの距離は近い。カーテンを閉じた後も、静かに目を閉じれば、大宇宙のなかでゆったりと回転している「アンドロメダ星雲さん」がまぶたの裏に浮かんでくる。「アンドロメダ星雲さん」が微笑んでいる。

こころの距離が大切なのだ。数メートル、数十メートル四方の空間のなかで、いがみ合い、妬みあい、憎しみ合い、騙しあって暮らしている人たちがいる。こころが通い合わない人間同士の距離は、地球を飛び越え、太陽系を飛び越え、銀河系を飛び越え、さらにアンドロメダ星雲を飛び越えるほどに離れているのだ。

地球上の醜い人間のもくろみなどには、一切関知することなく、アンドロメダ星雲は宇宙のかなたで、ゆったりと渦を巻きながら浮かんでいる。そこでは悠久の時間が流れている。時計に追い立てられる日常生活の慌ただしい時間ではなく、宇宙創生以来のゆったりとした時間が流れている。「アンドロメダ星雲さん」と会話することによって、日常世界での取るに足らない不安などは、一瞬に消滅するだろう。

アンドロメダ姫

人間の誕生とともに、たくさんの神話が生まれた。ギリシャ神話のペルセウスの冒険に「アンドロメダ姫」が出てくる。ペルセウスがエチオピアの浜辺の上空を飛んでいる時、海上に突き出た岩の上に、美しい女の像のようなものが立っているのを見た。それが鎖で縛りつけられていたアンドロメダ姫だった。

このエチオピアの王女は、海の怪物の怒りをしずめるために、神のお告げにより生贄となっていた。アンドロメダ姫を助けたペルセウスは、王女を妻にめとり、国に帰って王様となった。ペルセウスが死ぬと、ゼウスはアンドロメダと並べて天上の星座にした。二つの星座は、秋の夜空に光り輝いている。

星の悲しみ

芥川龍之介は『侏儒の言葉』の中で、「星」について述べている。

宇宙の大に比べれば、太陽も一点の燐火《りんか》に過ぎない。況《いわん》や我我の地球をやである。しかし遠い宇宙の極、銀河のほとりに起っていることも、実はこの泥団の上に起っていることと変りはない。生死は運動の方則のもとに、絶えず循環しているのである。そう云うことを考えると、天上に散在する無数の星にも多少の同情を禁じ得ない。いや、明滅する星の光は我我と同じ感情を表わしているようにも思われるのである。この点でも詩人は何ものよりも先に高々と真理をうたい上げた。

真砂《まさご》なす数なき星のその中に吾《われ》に向ひて光る星あり

「アンドロメダ星雲さん」にも悲しみはあるのだ。それならば一層、親しい友だちになれるではないだろうか。泥団ともいうべき地球の狭い空間に生じる悩みに、自分を見失ってはならない。一人になることを恐れる必要はない。

壮大な物語の消失

壮大な体験に触れることは少なくなった。対人関係のストレスに追い詰められる時、聞こえてくるのは、自分を見下し、非難し、侮辱する声だ。いつから、このような壮大なこころの風景が無くなったのであろうか。大都市に人間が集中し、自然が周りから消失してしまったことと無関係ではないだろう。

四六時中、人工の照明に照らされている都会の空間に暮らしていると、夜空に光っている星の輝きに鈍感になってしまう。満天の星に見守られているという体験もなくなってしまった。人工の光が支配する世界のなかで、豊かな想像力が生まれることはない。想像力は、明るい世界より、影が支配する世界のなかで育まれるのだ。明るい世界で目に飛び込んでくるのは、忙しく立ち振舞っている無表情な他者の顔だけだ。

アンドロメダ星雲を取り戻そう

幻の声に誘われ、壮大な世界を実感するという体験は、日常生活の中でみられるものではない。精神病理学的には、幻聴と妄想の世界のものである。このような体験を単なる病理的な出来事として済ませてよいであろうか。決してそうではない。地上の世界のドロドロとした人間関係のなかで、目先の問題解決に追い立てられ、昼夜を分かたず人工照明のなかで働き続け、夜空を見上げるゆとりもなく、まして宇宙のことなど意識の外にある現代人に、このエピソードは、わたしたちが大きな宇宙のなかに存在しているのだということを思い出させてくれる。こころの栄養となる想像力を回復させてくれる。

青年は、対人関係に追い詰められ、孤独な世界に閉じ込められていた。しかし、アンドロメダ星雲を友だちにすることにより、こころの平安を取り戻すことができた。わたしたちも時にアンドロメダ星雲を思い浮かべ、悠久の時間に思いをはせるようなこころのゆとりを取り戻したいものである。

こころを通じ合うこと

サン＝テグジュペリは、美しい言葉でアルゼンチンにおける夜間飛行の景観を描いているが、そのなかにアンドロメダ星雲に触れた場面がある。

あのともしびの一つ一つは、見わたす限り一面の闇の大海原のなかにも、なお人間のこころという奇蹟が存在することを示していた。あの一軒では読書したり、思索したり、打ち明け話をしたり、この一軒では空間の計測を試みたり、アンドロメダの星雲に関する計算に没頭したりしているかもしれなかった。また、かしこの家では人を愛しているかもしれなかった。それぞれの糧を求めて、それらのともしびは、山野のあいだに、ぽつりぽつりと光っていた。なかには詩人の、教師の、大工さんのともしびと思しい、いともつつましやかなのも認められた。しかしまた他方、これらの生きた星々のあいだにまじって、閉ざされた窓々、消えた星々、眠る人々がなんとおびただしく存在することだろう……。

努めなければならないのは、自分を完成することだ。試みなければならないのは、山野のあいだに、ぽつりぽつりと光っているあのともしびたちと、こころを通じあうことだ。

大切なのは人間のこころの奇跡を信じることだ。閉ざされた窓々を開き、ともしびが光りはじめることだ。

太陽を呑み込む

外来の診察に追われている時、ある年配の男性が飛び込んで来た。

もう一頑張りしなければと気を取り直していると、こちらの疲れている表情を見て、同情の言葉をかけられた。

「お疲れのようですね」

その言葉に誘われるように、男性に尋ねた。

「疲労回復の良い方法はないですか」

即座に返事が戻ってきた。

「毎朝、太陽を飲み込むのです！」

わたしは一瞬あっけにとられた。

男性はニコニコしながら、次のような秘儀を教えてくれた。

毎朝、お日さまが昇る前に起きて、東の空に向かう。お日さまが昇ってきたら、口を大きく開ける。そして目玉焼きの卵の黄身を飲み込むように、一口でゴクッと飲み込む。

夜明けのさわやかな空気と一緒に、お日さまを飲み込む。温かい感触がゆっくりと喉元を通り過ぎて、「おなか」に入っていく。すると、太陽のエネルギーが身体中にみなぎってくる。最初「太陽を飲み込む」と聞いてビックリしたが、「お日さま」と聞いて安心した。太陽そのものなら、こちらは一瞬のうちに燃え尽きてしまう。

お日さまを拝むことは富士山のご来光をはじめとして、日本人には身近な習俗である。そのお日さまを目玉焼きの黄身のように呑み込む。なんとスケールの大きな話だろう。興味津々で聞いているうちに、診察を終える頃には疲れを忘れてしまっていた。

太陽

お日さまの実体である太陽のことを調べた。エネルギーはどれ位なのか。太陽の中心は二千五百億気圧で、温度は千五百万度あり、熱核融合反応が行われている。その結果、一秒間にＴＮＴ火薬換算で、九・一×十の十六乗トンに相当するエネルギーが放出される。植物はその光エネルギーを受けて光合成を行い、二酸化炭素と水からデンプンと酸素を作る。酸素がなければ人間は生存することができない。

人間の誕生物語においても、太陽は「神さま」でもあるのだ。わたしたちが邪まなことを考えない限り、焼き尽くされることはないであろう。世界各地で、太陽は神として崇められており、日本神話における「アマテラスオオミカミ」も太陽神で、太陽が消えては一大事である。スサノオの横暴に怒ったアマテラスオオミカミが、天の岩戸にお隠れになったため世界は、一時暗闇になってしまった。

太陽神経叢

太陽は、人体の構造の名称にも取り入れられている。解剖学で、「太陽」という名称が与えられている部位がおなかにある。自律神経の結節である「太陽神経叢」である。

太陽神経叢は、腹部の脊柱の前に位置しており、胃腸をはじめとする内蔵の働きをコントロールしている。自律神経のうちの副交感神経の働きが高まると、内臓の血流が良くなる。おなかのなかにある太陽は文字通り胃腸の血流を改善し、おなかを温めてくれるのだ。

「おなか」とこころ

「お日さま」は呑み込まれ、「おなか」の真ん中におさまり、快い温かさを与えてくれる。それも当然だ。太陽のエネルギーのお陰で、地球上の生物は誕生した。その原初のエネルギーを実感できるからだ。おなかは身体の中心である。

古代の人はおなかに、こころが宿っていると考えた。身体の真ん中にある横隔膜を意味する医学用語は「デアフラグマ」(diaphragm)だ。この「フラグマ」とは、「こころ」のことである。おなかの真ん中が温かくなれば、こころも温かくなる。

子どものこころもおなかの真ん中にある。子どもは心身の不調を感じると、母親に「おなかが痛い」と訴える。胃腸の病気でなければ、愛情を求めるサインとして、「おなか」が「痛い」と訴える。この場合、痛いのは胃腸ではなく、子どものこころである。母親から愛情に満ちた行為が与えられると、痛みはすぐに消える。

北風と太陽

母親は子どもを愛情でもって温かく包み込み、太陽はそのエネルギーでもって地球を温かく包み込む。イソップ物語に「北風と太陽」の寓話がある。北風と太陽が力比べをして、旅人の上着を脱がそうとする。北風が強い風を強く吹きつければ吹きつけるほど、旅人はますます上着をしっかりと身にまとおうとする。上着を脱がすことができない。

次に、太陽が燦燦と温かい光を注ぐと、旅人は上着を脱いでしまった。

朝起きて、意識が目覚め、活動に向かおうとする時、世界を明るく照らすとともに、全ての存在するものを温かく包み込む「お日さま」を呑み込むことは、決して荒唐無稽な話しではない。生命感覚が刺激され、元気が出ること請け合いだ。

わたしは元気がなくなると、この話を思い出して実行しなければとあせる。しかし、朝寝坊の癖があり、わたしが目覚める頃には、いつもお日さまは天空に登っている。

太陽とお日さま

科学的研究の対象とされればされるほど、日常生活意識における、お日さまの存在感は遠くなる。「北風と太陽」に込められた、こころに伝わる温かい感覚は、お日さまそのものである。科学技術に目を奪われることによって、お日さまの本質が貧困になってはならない。

芥川龍之介の「Lies in Scarlet」の言葉が思い出される。


「君はなぜ君の眼を信用するのだい」

「僕の眼は健全だから」

「どうしてまたそんな事がわかったのだろう」

「眼医者が保証したから」

「眼医者の眼は君自身の眼ではないはずだが」

ある日、バアナアド・ショウと自分との間にこんな会話が交換された。


今日、脳研究が世間の注目を浴びている。自薦、他薦の脳研究者と称する学者がテレビに出て、科学の成果を解説している。これを目にするたびに、わたしは龍之介のこの言葉を思い出す。

先端科学の技術の万華鏡のように変化する映像に惑わされて、視聴者は「解説する学者の眼」を「自分の眼」と勘違いしているのだ。技術は確かに進歩しているが、人間の本質はなにも変わっていない。ギリシャの昔から思索されてきた人間の本質について、特別に新しい知はつけ加えられていない。

自分自身の眼を信用して、一見物知り顔に解説する者を信用してはならない。ドイツの物理学者であり、思想家でもあったゲオルク・クリストフ・リヒテンベルクの有名な箴言がある。

目新しいことはめったに真実ではなく、真実はめったに目新しくはない。

歯は何回も生えるのだ

歯が抜けても平気な年配の男性がいる。歯が抜けると、どこか間が抜けた表情になるが、いつもニコニコと笑っている。その安心はどこからくるのであろうか。

「しばらく待っていれば、また歯が生えてきますよ！」

こちらは一瞬、あっけにとられるが、理由を説明してくれる。

「子どもの頃、歯が抜けても、また生えてきたでしょう」

彼はいまだに子どもの頃の体験を信じているのだ。

科学的常識に合わない

若い頃から、わたしは歯の不調に悩まされてきた。両親ともに若くして入れ歯であったことを考えると、体質的に歯の質が良くないのだろう。毎日磨いているつもりであるが、なぜか次々に抜ける。差し歯から、部分入れ歯、総入れ歯となった。

この男性の話を聞いてから、気持ちが少し楽になった。彼の話を信じれば、将来に希望が持てる。なにより歯が抜ける悩みなどないように、ニコニコしているのがよい。

このことがあってから、入れ歯の悩みを訴える患者に、「しばらく待っていれば、また歯が生えくる」と信じている人もいるという話をする。表面的には、「そうなればよいですね」と同調してくれる人もいる。しかし、こころのなかでは、「そんな馬鹿なことはない」と思っている様子がみてとれる。おかしなことを言うが、主治医だからと仕方なく合わせてくれているのだ。

いつも、そうとはいかない。「先生は、そんな非科学的なことを信じているのですか」と、正面切って反論されることもある。「馬鹿にしているのですか」と真顔になり叱られることもある。きびしく反論されると、こちらも自信がない。それほどでなくても、「さすがに精神科医ですね」と、ニヤッと皮肉られることもある。

子どもの頃は夢が現実になると信じているが、大人になるにつれて無残に失われる。自分の科学的常識に合わせて、夢のような話は馬鹿げた考えだと切り捨てる。歯を失った顔を眺めて、大抵の人は磨いてこなかった自分を後悔する。

歯科ノイローゼ

歯が抜けると入れ歯になる。これにともなう悩みを抱えて精神科を訪れる人は意外と多い。入れ歯が合わないことからはじまり、歯茎に当たって痛い、舌の先に当たる、口内炎ができるなどと際限がない。歯医者に通い、微に入り細に入り訴える。その都度、微調整されるが良くならない。ついには歯医者への苦情となり、払わされる治療費への不満になる。歯医者を次々と渡り歩くが悩みは解決しない。歯科ノイローゼである。

要するに、異物が自分の身体に合わないのだ。これは歯の良さを自慢してきた人に多い。自分の身体をいつまでも自前で維持できればよいが、そうはいかない。老化を防ぐことはできない。自分の身体を維持できなくなると、何かで補わなくてはならない。入れ歯もその一つだ。ところが入れ歯は異物である。異物に関心が集中して、一日中、口の中の感覚に神経を尖らせている。

歯に問題がないと、食事がおいしいか、まずいかということだけが意識に上っている。食物の中に異物が混入していたらどうだろうか。途端に、食事がまずくなり、口の中に神経を集中させ、異物を探そうとする。入れ歯も無理やり入れられた異物だ。しかも終日装着していなければならない。

歯が悪い人は知らず知らずに異物にならされている。歯に自信がある人にとっては、初めての経験だ。自尊心も傷つけられる。そんな鬱屈が歯医者に向かう。

解釈を変える

事実をどう考えるかによって、人間の気持ちは大きく左右される。歯が抜けることにまつわる精神療法のエピソードである。

ある東洋の王様が歯がみんな抜け落ちてしまう夢に苦しめられていた。夢解釈人が呼び出されて意見を求められた。

最初の解釈人は、いかにも残念そうに自らの解釈を披露した。

「王様には悪いお知らせです。この歯のように、ご親戚を次々にお失いになられるでしょう」

王様は怒り、解釈人を地下牢に閉じ込めてしまった。

別の解釈人が召し出され、王様の夢の話に耳を傾けた。

「嬉しい解釈ができて幸せであります。王様は、ご親戚のどなた様よりもお歳を召されるでしょう。どなた様よりも長生きなさるでしょう」

王様は大いに喜び、沢山の褒美を与えた。

この様子に廷臣たちは驚嘆して尋ねた。

「あなたは、哀れな最初の人と少しも違ったことを仰ってはいません。それなのに、どうしてあなたは褒美をもらい、先の人は罰せられたのでしょうか」

この解釈人は答えた。

「われわれは同じやり方で夢を解釈しました。しかしながら、事実のみでなく、いかにそれを口にするかにもよるのです」

これは肯定的精神療法の解釈である。人間は日常生活においてさまざまな葛藤を抱えて生活しているが、葛藤がすべてではない。こころには健康に働く領域も保たれている。葛藤に圧倒されることなくそれとバランスを保ちながら健康を回復することも可能である。葛藤を人生にとって否定的意味としてとらえるのではなく肯定的な意味においてもとらえる必要がある。肯定的解釈を与えることにより、こころの平衡が回復される。

肯定的精神療法を唱える中東出身の精神療法家 Nossrat Peseschkian は同じ価値観を共有している文化圏のなかで人生の別の意味を発見することは容易ではないが、異なった文化圏における物語や逸話などが悩みに対する新しい意味を発見させてくれると主張する。

最初の夢解釈人は歯が抜けるという事実を喪失体験ととらえ不吉な徴候として解釈した。夢には過去が関係しているとする考え方である。ところが東洋の文化圏に属する別の解釈人は長寿の徴候であると解釈した。「生きていることが幸せである」と神に感謝する。

東洋の文化圏の人々は人生を通り「通過する鉄道の駅」「待合室」のように、死を「人生への扉」のようにみなしているが、西洋の文化圏の人々はこのような問を避けて、あらゆる不安を惹起するように出来事を意識と経験から締め出そうとする。

時がすべてだ

詰所の前の椅子に座って、メモ帳を片手に、絶えず腕時計に目を向けている青年がいた。終日、医者、看護師、患者たちの動きを秒単位でチェックしているのだ。

主治医が何時に詰所に現れ、どの順番で病室を回り、自分の部屋に来るのか、どれくらいの時間がかかるのかに、神経を尖らせている。担当の看護師についても同じである。どの患者の処置に回り、誰の食事介助をし、何時頃、自分の順番になるのか。急な入院患者に時間を取られることはないか。最終責任者である病棟医長、看護長はどのような動きをしているのか。この他、入院生活にまつわるすべての事柄をチェックしている。

「治療スタッフを信用できないのかい」と尋ねると、「それも少しはある」と答える。しかし、それが一番の理由ではない。ひと時も時間を無駄にしたくないのだ。

その理由を、時間を惜しむかのように話す。予定している時間に回診に来てくれないと、待ち時間が無駄になる。貴重な時間を浪費したくない。じっとベッドで寝ているような怠惰な時間を過ごしたくない。それは自分の信条に反する。入院費用の無駄にもなる。一刻も早く退院して社会復帰を果たしたい。

この要望は現実には容易にかなえられない。主治医が詰所に現れる時間は、列車の時刻表のようにはいかない。こちらも最大限、期待に添うように努力するが、やむを得ない場合もある。弁解しようものなら、いつも持参している入院案内を取り出す。患者本位の医療サービスを提供すると書かれている。

「一体、どうなっているのか！」

貴重な時間を、誰が弁償してくれるのか。押し問答しているうちに、院長に連絡してほしいと要求する。彼の主張も正当であるので、病院長宛てに一筆書いてもらって取りあえず落着する。

腕時計の時間

待ち時間の無駄をなくすことが入院中の目的となる。それは自己の利益のためだけでなく、入院患者全員のためでもあると言う。この作業は過大なストレスとなり、体重が減った。不眠を訴えたら、当直医に睡眠薬を出された。不眠にさせて睡眠薬を処方して儲けようとするのかと、くってかかる。わたしたちへの不満は理解できるが、それればかりではないようだ。

時間についての観念に、他者と共通の時間を楽しむという意識が感じられない。重要なのは時計に刻まれる物理的時間である。何時何分に自分がなにをしているかということである。スケジュールがあるのなら、その通りに実行されねばならない。鉄道ダイヤのように実行されてこそ、時間の意義があるのだ。彼には言い訳など通らない。こうして全員の動きを腕時計を見ながら、分刻みでチェックしているのだ。厳密に時間が守られなければ入院の意味はない。こうして絶えず退院を要求する。

教育者としての時計

この青年はどのような時間を生きているのであろうか。マリー・ボナパルトは『クロノス・エロス・タナトス』のなかで、幼児期の時間について述べている。

外部の世界のさまざまな対象について、はじめはぼんやりしていた知覚が次第にはっきりして行くにつれて、幼児は物事を時間のなかに上手にはめ込んでいくのを覚える。時計が語る言葉を了解した時こそ、幼児にとって画期的な時となる。この教師の意味は大きい。幼児は文字盤の読み方を覚えていくが、やがて遊びも、就寝も、この冷酷な機械仕掛けに縛られているのに気がつく。家のなかで、時計は一番恐ろしい教育者となる。

日常生活はすべて恐ろしい教育者としての冷酷な時計に縛られているのだ。時計の意味をはじめて理解した幼児の時間を、彼はいまだに生きているのだ。永遠に広がる可能性を有した時間体験は遠のいたままである。

Time is life !

萩原朔太郎に「時計を見る狂人」の話がある。

病室で終日、椅子に座り、なすこともなく毎日時計の指針を凝視している男がいた。おそらく世界中で最も退屈な「時」をもてあましている人間がここに居ると、わたしは思った。これに反して、院長は次のような話をした。この不幸な人は人生を不断の活動と考えている。それで一瞬の生も無駄にせず、貴重な時間を浪費すまいと考え、ああして毎日、時計を見つめている。なにか話しかけてご覧なさい。きっと腹立たしげに怒鳴るでしょう。

黙れ！　いま貴重な一秒時が過ぎ去っていく。

Time is life！ Time is life！と。

朔太郎は散文詩自注の前書きのなかで、自注は詩の注釈というべきものではなく、詩が生まれるに至るまでの作者の準備したこころのノートであり、本文と不即不離の地位にあり、奇術師が手品の種を見せるものだとして、「時計を見る狂人」に以下の注を付けている。

詩人たちは、絶えずなにか仕事をしなければならないという衝動に駆り立てられている。そのくせ彼らはゴロゴロと怠けており、塵の積もった原稿用紙を机の上に置いたまま、一生の大半を無為に寝そべっている。しかも、こころのなかでは不断に時計の秒針を眺めながら、できない仕事への焦心を続けている。

「時計を見る狂人」は朔太郎の分身でもあった。

わたしたちも「時がすべてだ」という人と同じ日常を生きている。秒刻みで活動することが本来の人間の活動であると勘違いしている。時間を無駄にしないのが美徳であり、限られた時間のなかでいかに効率よく仕事をするかというイデオロギーに取りつかれている。

時間を無駄なく消費しようとすればマニュアルに頼るしかない。レストランの接客マニュアルからはじまり、面接マニュアル、クレーム処理マニュアルなど枚挙にいとまがない。医者の世界もそうだ。診断マニュアル、検査マニュアル、治療マニュアル、薬物療法マニュアル、精神療法マニュアル、安全管理マニュアル、苦情処理マニュアル……。身辺を整理するにも、その筋の専門家が書いたというマニュアルが要る。新しいマニュアル専門家が次々に誕生する。
きれいに整理されたデータからは、新しいものはなにも生み出されない。なによりも無駄をなくした結果、人生が無味乾燥したものになる。新しいアイデアは混沌のなかからこそ出てくるのだ。「Time is life !」という強迫観念にとりつかれて、朝から晩まで仕事に追いかけられる生活のなかから、多くの神経症やうつ病、精神病の患者が生み出されている。

自由な時間を取り戻すこと

ウジェーヌ・・ミンコフスキーは技術が時間と空間を絶えず征服しようと努めていることに感謝しないわけにはいかないが、しばしば深い疲労感に充たされることがあり、「自由な時間を取り戻すこと」の必要性を説いている。

速く行けるだけでは、わたしたちにはまったく足りない。わたしたちの時代を特徴づけるために、「科学的野蛮」という言葉が唇にしばしば上がる。そのとき「旧きよき時代」の「鈍さ」と閑暇を想って、哀惜の情を感じるのである。わたしたちは「時間」に対するわたしたちの権利、現代生活がわたしたちから奪ったと思える権利を取り戻したいのだ。

厳密科学の進歩は、技術のそれと同じく、驚異の念をもってわれわれを充するが、心地よさはいささかも与えない。われわれは進歩に疲れ、速さの理想や淵まで一杯になった時間からも、「空間の四次元」からも目を転じて逆行し、なにものかへまなざしを向けたいという欲望を感じる。

それをミンコフスキーは「自然に向って」であると述べる。この意味するところは生命との接触、生命がそのうちに宿っている「自然的なもの」、原始的なものとの接触を回復すること、科学ばかりでなく、すべての精神的生命の発現がそこから涌き出るところの第一の源泉に立ち戻ることである。現実との生命的接触が失われ、日常生活における生き生きとしたテンポが失われると、自然的なものとしての生命機能がリズム性を失い変調をきたすようになる。生活のテンポ、リズム性が機能しなくなると人格的な躍動と弛緩も困難になる。「時間」に対する権利を今こそ取り戻さなければならない。

石になれ！

診察に追われて消耗していた頃、ある年配の女性から診察を求められた。眉をひそめながら早口で訴えた。

「先生、どう思われますか。『石になれ！』というのですよ」

確かに恐ろしい幻の声の内容である。

これを耳にした途端、わたしは素晴らしいことだと直感した。

「それはよいですね」

このように返事したら、相手はキツネにつままれたようにキョトンとしている。ますます怪訝な表情になり、反対に質問された。

「先生、大丈夫ですか」

「石になれ、というのですよ」

わたしはハタと困った。「大丈夫でない」のは、わたしなのだ。自分を石にするという途方もない不安、無生物に貶めるという声に、彼女は追い詰められているのだ。あろうことか、それを「よいことだ」と肯定してしまったのだ。

言葉は一度口から出ると取り消すことはできない。反省しながらも、わたしのこころのなかでは、「石という存在」についてのイメージが次々に浮かんでくる。

人間と鉱物

石という存在は素晴らしい。石は、動物でもなく、植物でもなく、自然界における無生物、鉱物として分類されている。鉱物とは何であろうか。それは地球の起源に深く関係している。人類は地球に誕生した。地球を構成している鉱物は、わたしたち自身の身体をも構成している。

身体のなかにも多くの鉱物が含まれている。カルシウム、マグネシウム、ナトリウム、カリウム、クロムなど枚挙にいとまがない。生まれた土壌が同じだから当然だ。「アンドロメダ星雲さん」と同じように、鉱物もまた「友だち」なのだ。

人間の色、姿、形、大きさも、みんなさまざまなように、石の色、姿、形、大きさもさまざまである。人間にも変わり者がいるように、石にも変った石がある。金色に輝くもの、緑色に輝くもの、青く見えるもの、蛍色に輝くもの、方向によって色が変るもの、岩塩のような食べられるものなど、さまざまである。

古代生物の化石が含まれていたりすると、博物館行きとなる。長い時間、風雨に曝され転がっているうちに、次第に尖った部分が削られて、形の良い丸い石になったり、水の力により芸術作品のように彫刻される。そうなると庭石としてスカウトされる。名誉なことではないか。

石になりたい

石の連想が、わたしのなかでどんどん進む。大切なことは、石はみずから変化せず、みずから動かず、そこにじっとしていることだ。人間は日常の雑事に追われて、喜び、悲しみ、嘆き、怒り、苦しみながら、家のなかで、地域のなかで、職場のなかで、日本のなかで、いや世界を股にかけて、こま鼠のように走り回っている。

それに比べて石はどうだ。なによりも不動である。簡単に、外界の影響などを受けない。簡単に、外見を変えることもない。

「石になれ！」という幻の声に、わたしが思わず同意した理由は、これなのだ。「石になりたかった」のは、わたし自身であった。

他山の石

「石の上にも三年」という諺もある。石のような冷たいものの上でも、三年坐り続けておれば、温かくなるという意味から、つらいことでもじっと辛抱していれば、そのうちに良いこともあるという喩えである。

病気になることはつらい。ましてこころを病むことはつらいが、しばらく辛抱していれば、病気がおさまり、元気になることが期待できる。「石にかじりついても」という表現もある。病気になったのはつらいが、嘆いてばかりいては回復に悪い影響がある。

主治医としては、石にかじりついても、彼女が健康を回復するための有効な手段を考えなければならない。

他人に起こっている出来事を自分に関係ないと考えてはならない。たとえ他所から出た石でも、自分を磨く砥石になる可能性もある。

「他山の石」という喩えだ。

彼女と会う度に、石にまつわる私のイメージを話しているうちに、いつのまにか「石になれ！」という幻の声は消えてしまった。「石」という「存在」にまつわる話が、「人間」という「存在」にまつわる話になり、彼女の存在価値を支えるに至ったのであろう。

彼女は石にされるという存在の不安に脅かされていた。さらに自己反省するならば、彼女と同様に存在の不安に脅かされていたのは、わたし自身であった。だから、即座に、「それはよいですね」と返事をした。

わたしは出会った瞬間から、相手と同じ無意識を共有していたのだ。

治療者が癒される

彼女ばかりでなく、アンドロメダ星雲の青年にも、太陽を呑み込む年配の男性にも大いに癒された。いや、精神科医として出会ったすべての病者に教えていただき、癒されてきた。

病者はさまざまな人生の出来事を背負い苦難にぶつかりながら、それでも乗り越えようと努力する。その証明が精神症状であり、病理学的所見でもあるのだ。症状は一刻も早く取り除かれねばならない。その手段として、薬物療法を欠かすことはできない。しかし、それだけでは不十分である。個々の症状の意味を見失っては薬物療法の効果は半減する。

人生を乗り越えようとする途上で挫折したつらい事実に共感しながら、その意味を共有しなければならない。

そこには万人に共通する人生の真実が隠されている。

ボクはウンコだ

ある青年の深刻なこころの外傷である。受診の目的はどうしても社会生活に馴染めないということであった。ところが来歴を聞いて、わたしは大きなショックを受けた。中学生の頃、いじめに遭い、待ち伏せされて無理やり犬のウンコを口に入れられたという。

思わず絶句するとともに、わたしのなかに激しい怒りが込み上げてきた。

「先生、糞食らえ、という言葉があるでしょう」

「僕は本当に犬のウンコを口に入れられたのです」

以来、彼の頭から「ボクはウンコだ」という考えが離れない。

不器用で、友だち付き合いが下手な少年であった。幼い頃から喧嘩はいけないことだときびしく躾けられて育った。両親の言いつけを守り、いたずらをしたこともなかった。中学生になり生真面目で融通のきかないことから、いじめのターゲットになった。

学校帰りに待ち伏せされて、このような残酷ないじめに遭った。親には心配をかけるのでいっさい話さなかった。担任に話しても、相手が否定したらそれまでである。「チクった」と分かると、もっと酷いいじめをされるかもしれない。それになにより恥ずかしい出来事であり、自己嫌悪から話す気持ちにならなかった。

これが大きなトラウマとなり、うまく対処できない出来事に出合う度に「ウンコを食わされた人間だ」「ウンコのような価値のない人間だ」と思い込むようになった。自分を極限まで侮蔑し自分の価値を切り下げている。

自尊心を取り戻せるように援助しなければならない。自己を侮蔑することも自己価値を切り下げる必要もない。残酷ないじめを受けたにもかかわらず、心配をかけたくないと、両親をいたわる優しいこころを持っている。その気持ちを最大に評価しながら、自尊心が回復するように、周りの大人たちがみんなで支える必要がある。

ここで「ウンコ」の悩みについて考えてみたい。

遺糞症

子どもは衣服や床などにウンコを漏らすことがある。遺糞症と呼ばれるが、オシッコを漏らす夜尿症のようには知られていない。親子にとって深刻な悩みである。トイレット・トレーニングが十分習得されていない場合や、排便機能は正常であるにもかかわらず、心理的理由から排便を嫌うものまでさまざまである。いずれにしてもウンコがお腹に詰まってしまい、自然に溢れ出てしまう。

小学三年生の男子が緊張した表情で現れた。母親の話によれば、全体的な発達に大きな問題はなかった。生後四ヶ月から保育園に預けていた。トイレット・トレーニングも順調で一歳になる前にオムツが取れた。

三歳を過ぎる頃から、保育園で大きな行事がある時などウンコを漏らすようになった。当時、母親は仕事と姑の看病で大変であり、育児に十分に手がかけられなかった。年長になってもウンコを漏らすことがあるので、悪いと思いながらも、母親はきつく叱った。それから排便を我慢するようになった。そのため三日に一度くらいコロコロの塊となったウンコを漏らすようになった。

小学校入学にあたり、母親は今一度きびしくトイレの練習をさせた。しかし、事態は好転しない。授業中にズボンの裾から床に落ちることがある。一年、二年生の担任は男性であったが、やさしく接してくれた。少し回数が少なくなった。自尊心も発達しており、恥ずかしい気持ちを抱いている。学校でパンツを汚すと、家に帰ってから階段の陰や洗濯機の後ろに隠しておく。時には内緒で洗濯することもあった。

三年生になり、きびしい年輩女性が担任になった。授業中に小さなウンコの塊がコロコロとズボンの裾から転がり出る。回数も増えてくる。担任はイライラして叱責する。

「あなたのお腹はどうなっているの！」

持て余した教師が子どものお腹を手で叩いた。母親が呼び出され、「トイレのしつけが全くできていない」と育児方法を責められた。

自尊心を守る

子どもは緊張のためほとんど口をきかない。母親には、これは遺糞症という病気であると説明し、心理的な対応が大切なことを強調した。なによりもやさしく接するように求めた。

子どもへの愛情が十分感じられる母親である。子どもが汚れたパンツを隠しておくのは、母親のきびしいまなざしを意識するからである。このような対応が続くなら自我の健全な発達をゆがめる可能性がある。

不適切な教師の対応に対して、学校宛てに詳しい意見書を書いた。原則は、失敗をしからず、成功をほめることである。ウンコが漏れる時間を観察し、学校のトイレでの排便の時間を決めた。トイレは、子ども用ではなく、教師用のトイレを利用する。安心してウンコができる場所を提供することにより、子どものプライバシーを守るとともに、なにより自尊心を守らねばならない。

学校での時間的排便が次第に効果を上げる。外来に来てから三週目には、四日間連続して成功した。さらに給食の後でも自然に排便ができた。その頃になると、当初見られた緊張感はなくなり、待ち時間には廊下で母親と大声でふざけている。五週目に一件落着となった。

春休みには家族旅行をして楽しく過ごした。一ヶ月後、風邪を引いて下痢をしたが、もうパンツを汚すことはなかった。母親からの電話で、勉強にも頑張りがでてきたというれしい報告を受けた。

ウンコによる陰湿ないじめは断固として許すわけにはいかない。しかし、ウンコ自体に罪はない。少しウンコの心理的意味を考えてみたい。感染症の予防の意味から、家庭でも、学校でも、手洗いを強制され、習慣化するようにしつけられる。公衆衛生の観点からも理屈は通っている。

しかし、ウンコは本来、汚いもの、手に触れてはいけないもの、忌み嫌うべきものなのであろうか。

ウンコのはじまりは、子宮のなかにいる胎児の時代にさかのぼる。胎児は発育のための大部分のエネルギーを胎盤から得ている。しかし、生まれてから自分で摂取する準備のために、僅かではあるが羊水からもエネルギーを得ている。羊水のなかには成長のための三大栄養素といわれる炭水化物、タンパク質、脂肪が含まれている。

胎児が子宮のなかで、食べ物のように毎日飲み込んでいる羊水は、尿として排泄される。これに対して、通常ウンチは出産後まで、胎便として腸のなかに保持される。胎便、「メコニウム」とは、ギリシャ語で「アヘンのようなもの」を意味する。

母親のお腹のなかで、胎児を静かに眠らせておくためのアヘンのようなものだとして名付けられたのだ。

ママへのプレゼント

オギャーと生まれた後、お腹のなかでしてきた準備運動の成果を活かすかのように、母親の乳首を口に含んでお乳を飲み、それを成長の糧とする。母親からお乳をもらっている間は、子宮のなかで臍の緒を通じてもらっていたのと同じ状況だ。お乳を通じて、母親の存在の意味するもの、すなわち成長のための栄養と愛情を受け取っている。

このように世話してもらっている母親に、赤ん坊はお返しをしなければならない。十分な栄養と愛情を受け取ったお返しをしなければならない。言葉を獲得してはいないので、感謝の言葉を伝えることはできない。身振り手振りで感謝をうまく表現することもできない。赤ん坊にとって、ウンチは母親への大切なプレゼントなのだ。

母親は赤ん坊のウンチの色、におい、形に神経を遣う。きれいなウンチならば、母乳の消化吸収がうまくいっている証拠だ。

母親が病気になったり、夫婦関係がうまく行かないと、母乳の出が悪くなる。愛情をこめた授乳ができなくなると、赤ん坊は消化不良を起こし下痢をする。ウンチの形は崩れ、においが臭くなる。自家中毒になり赤ん坊の心身は危機にさらされる。

外界の異物

離乳食がはじまると事態は大きく変化する。この世界にあるさまざまな動物、植物の構成要素の一部が調理され、赤ん坊のお腹に入ってくる。いわば世界の異物がはじめて体内に取り入れられる。愛情をもって調理されていないと、赤ん坊は容易に自家中毒になる。健康に消化されていても、食べ物の内容によりウンチの形状が変化し臭くなる。

吸収されなかった残りはウンチとして排泄される。羊水や母乳の場合と違ってふさわしくない物質も含まれている。有害物質が含まれているかもしれない。こうしてウンチは不潔で汚いものとされ、ウンコ、糞便、糞と呼ばれるようになる。

いじめの加害者こそ人間の尊厳をなくした、本当に汚いもの、忌み嫌うべきもの、毒を含んだ汚い糞だ。

いじめの心理

いじめは攻撃性の一つの形態でもある。攻撃性自体には、自己主張といった自我の発達にとって積極的な意味もある。しかし、他者への残酷な攻撃性にはプラスの意味などは微塵もない。

他者への共感性を欠いた加害者の内面は一体どうなっているのか。なぜ欲求不満を外に向け、他者の人権と尊厳を破壊しようとするのか。これは良心の発達と関係している。

「わたしは悪いことはしない」

これは社会生活を営む上での大命題である。「悪いことは、悪いことだ」。それは、「考えるまでもないことだ」。このように考えられるならば、悪いことをしない仕組みがすでにこころのなかに完成している。良心の完成した姿である。

「神を信じている」「神さまが見ておられる」から「悪いことをしない」と述べる人もいる。人間の存在をはるかに超越した存在が、自分を見ているというのだ。

良心の形成は自我の発達と密接に結びついている。「悪いことはしない」という命題にたどりつくためにはいくつかの段階がある。

「わたしは悪いことはしない」

なぜなら、そのようなことをすると「相手に悪いなあ」という気持ちになるから。「考えるまでもない」という最終段階には至っていないが、ここまでくればまず安心だ。相手の立場に立つことができる、相手の気持ちが分かるという対人関係における大事な条件が確保されている。

「わたしは悪いことはしない」

そのようなことをすれば「非難される」「罰せられる」。だから「悪いことはしない」。世の中には、刑事訴訟法があり、民事訴訟法があり、麻薬取締法があり、身近なものとしては軽犯罪法があり、道路交通法がある。罰を受けるのが怖いから、だから悪いことはしない。

ただし罰則がなかったら、悪いことをするかもしれない。「人の目があるから悪いことをしない」が、人に見られてなかったら悪いことをする可能性がある。良心の発達段階としては子どもに見られる未熟な段階である。このような大人がいかに多いことであろうか。

大人になると法律を恐れるが、子どもにとって法律の役目を担うのは親である。親に叱られるから、親に罰せられるから悪いことをしない。こう考えると、子どもにとっての法律とは親そのものである。

「良心」のはじまりは「親」なのだ。

叱られるのを恐れて子どもは悪いことをしない。それだけでは不十分である。その時、「親の顔」がこころに浮かび、「悪いなあ」という気持ちが生まれなくては抑止力とならない。親の気持ちが想像されねばならない。それには親子の気持ちがつながっている必要がある。これがなければ、表面的に罰を恐れるだけの子どもになる。

親の目の届かないところで悪いことの腕を磨く。

悪い子にならない子育て

子ども家庭センターから紹介されて、姑が嫁の子育ての相談に来た。はたから見ていて、嫁の子育てが虐待に思えるというのだ。子育ての相談に乗るという約束をすると、後日、母親が子どもとともに現れた。

母親に聞くと、テレビや新聞では、毎日のように若い人たちが恐ろしい犯罪を起こしている。子どもはどのような人間に成長してくれてもよいが、とにかく悪い人間にだけは絶対なってもらいたくない。それが母親の最大の願いであった。

昔から「三つ子の魂百まで」という諺がある。悪い人間に育たないためには、三歳頃までに、徹底的に躾《しつけ》をしなければならない。そのように考えて、物心ついた頃からきびしい躾をしてきた。

子どもの様子を見ると、生き生きしたところがなく、「指しゃぶり」している。手を差し伸べても、オドオドした表情で、母親をチラチラ見るばかりである。母親の気持ちはよく分かるが、このような育児は不適切な養育、虐待にあたると説明した。

悪い子にならないためには、なによりも母親に大切に扱われている、十分に愛情を注いでもらっているという体験が十分に与えられねばならない。

叱るよりも、まず子どもをほめなければならない。

その繰り返しから母子の間に共感性が育まれる。三歳までは特にそうである。悪いことをすれば、母親の愛情を失うかもしれないという不安が、こころにブレーキをかける。

いかに母親の愛情を求めているかが「指しゃぶり」に象徴的に現れている。母親の愛情が十分に得られないので、自分の指をしゃぶることによって、代理に自己満足させているのだ。

子どものこころのなかには、母親の乳房が空想されている。

ボク、混沌です

意思をはっきり示さないといけない状況になると、「なにもできない」というジェスチャーをする青年に出会った。

必要な書類にサインを求める。すると、目が見えないというジェスチャーをする。視覚障害があるわけではない。

「目が見えないの？」

すると、「口が利けない」というジェスチャーをする。言語障害があるわけではない。

「話は聞こえているの？」

すると、「耳が聞こえない」というジェスチャーをする。聴覚障害があるわけではない。

言葉によるやり取りは成立しない。黙っていると、なにやら小声でつぶやいている。

「ボク、混沌です」

一瞬、こちらの頭の中も混乱する。よく観察すると、こちらを困らせようとするような意図などは全く感じられない。真面目で真剣な表情である。道化を演じているのでもなさそうだ。もちろん神経の障害を装ってなにか利益を得ようとしているのでもなさそうだ。むしろ客観的には不利益をこうむっている。

こちらが戸惑っていると、悲しそうな表情を見せる。

「見ざる、言わざる、聞かざる、だね」

このように尋ねると、自分の目と、口と、耳を指で指し示す。

混沌に穴を開ける

そうだ、この人は混沌なのだ。荘子の渾沌という話を思い出した。

南海の帝の儵《しゅく》と北海の帝の忽《こつ》とが、中央の帝である渾沌の住む土地で出会った。中央の帝である渾沌は、二人を大変手厚くもてなした。そこで二人は渾沌の好意に報いようと相談した。人間の身体には、みんなで七つの穴がある。これで見たり、聞いたり、食べたり、息をしたりしている。ところが自分たちをもてなしてくれた渾沌には、これがない。

穴を開けてあげてはどうだろう。こうして儵と忽は、毎日、ひとつずつ渾沌の身体に穴を開けていった。ところが、全ての穴を開けた七日目になると、渾沌は死んでしまった。

ここでは混沌は、自然の象徴と考えられる。人間はこのような存在に出会うと、相手の意思を無視して、こちらの都合が良いように手を加え、秩序を与えたくなる。しかし、安易に秩序を与えることによって、相手の存在そのものを破壊する危険性があるということには気づかない。

混沌と秩序

「ボク」という存在は今のところ「混沌」なのだ。これが彼という存在の特徴なのだ。

天地創造の神話によれば、混沌とは天と地がいまだ分れず交じり合っている状態を意味する。混沌を意味する「カオス」という言葉には、天地創造以前の混沌という意味がある。混沌の世界から「秩序」を意味する「宇宙《コスモス》」が生まれる。「ボク」という混沌は、こころが誕生したばかりの状態なのだ。安易に医学的、操作的な治療マニュアルに従って働きかけては、存在そのものの特徴を破壊する危険がある。安易にこちらの秩序を強制してはならない。混沌である存在、そのものを受け入れなければならない。新生児に対するような言葉に頼る以前の対応が求められる。

新生児の世界

生まれて数週間の赤ん坊は、半ば目覚めているような半ば眠っているような意識の状態にある。空腹を感じると泣き出し、お乳が与えられると泣き止みウトウトと眠る。外界と自己の世界を意識することもなく、自明的に存在している。正常な自閉の世界といえるかもしれない。生存維持のために、呼吸する、お乳を飲む、体温を保つなどの機能は働いているが、感覚器官の発達はまだ揃っていない。

しかし、生後一日目であっても母親のお乳の匂いを求め、三日目の赤ん坊は母親の声を聞き分けることができる。母親が赤ん坊に触れる、撫でるなどの働きかけにより、神経生理学的な機能が発達する。

混沌を支える

現代は混沌を嫌う時代である。混沌としたもの、混乱したもの、錯綜したものがあれば、それを科学的にできるだけ早く解明し、細部に至るまでその病理を分析し、因果論的に説明しようとする。曖昧なものをそのままにしておくことに我慢がならない。混沌とした存在にはマイナスの意味しかないのであろうか。人間は因果論的に説明できる存在ではない。人間のこころは混沌とした状態から目覚めてくる。混沌はこころの原初的な姿だ。目覚めるためには信頼できる他者の存在が求められる。

ドナルド・ウッズ・ウィニコットは、幼児の世話という仕事にわが身をささげ、次第に自分を独立した人間と気づきなおしていく母親が存在するという発達促進的環境を通じて、幼児の人格は次第に統合を達成することができると述べている。そうして初めて出会う対象に対して自分の目と口と耳で対応することが可能となる。

ボク、鏡です

ある青年との診察風景である。

「おはよう」と挨拶すると、「おはよう」と返事する。

診察の最初の質問をする。

「お元気ですか」

「顔色が良くありません」

ところが彼の顔色は悪くない。「元気です」と返事してくれてもよいのにと、一瞬、戸惑いが生じる。確認のためもう一度、同じ質問をするが答えは同じである。

実際の顔色と質問の答えとのギャップについて、わたしはいろいろと考える。

朝起きて鏡を見て顔色が良くなかった。それでこのように返事した可能性も考えられる。

「それは良くないね」

この返事に答えず、ただキョトンとしている。

わたしはありきたりの言葉を続ける。

「体調に気をつけてね」

そのようなやり取りの日々が続いたあと、診察の合間を見つけ、一緒に散歩に出かけることにした。

公園の入り口にさしかかる。向こうから人がやって来る。

突然、彼はわたしの目の前に立ちはだかった。こっちは何事かとビックリする。すれ違った人も振り返る。

「先生、ネクタイが曲がっています」

わたしのネクタイを直してくれた。

「ありがとう」

礼を言うと、はじめてニヤッと笑みを浮かべた。

「ボク、鏡です！」

それで全てが理解できた。彼はわたしの鏡だったのだ。

「顔色が良くありません」と返事したエピソードも納得できた。

顔色が良くなかったのは、彼ではなくてわたしの方だったのだ。当時、夜遅くまで仕事をしていて、わたしは疲れ果てていた。

自分と他者の混同

ここでは自分は自分であり、他者は他者であり、自分と他者の間にははっきりした境界があり、区別されるという自我の意識が混同されている。自他混同化の世界である。

それに気づくと、この青年と会うのが楽しくなった。

「おはよう」と挨拶を交わして、「お元気ですか」と尋ねる。

彼は鼻先を指先で触りながら答える。

「ここが、おかしいのです」

もちろん、彼の鼻先に異常は見られない。

ハッとして、わたしが自分の鼻先に触れる。すると小さな吹き出物ができている。

「ありがとう」

今度は戸惑うことはなく、お礼を言う。

するといつものようにキョトンとすることもなく、はっきりと答える。

「ボク、鏡です！」

心理実験

彼はわたしを映す鏡となり、その瞬間、わたし自身になっている。それをコミュニケーションの改善に応用できないかと考えて、次のような心理実験をした。

わたしは自分のネクタイをあらかじめ少し歪めておく。

「キミのネクタイ、少し曲がっているよ」

もちろん彼はネクタイなどしていない。一瞬、戸惑いながらも、すぐに返事する。

「エッ、曲がっていますか？」

「かなわないなあ」

そうつぶやきながら、おもむろに幻想のネクタイを直すジェスチャーをする。

わたしの姿を取り入れた自己が、幻想のなかでネクタイを直している。

彼の自己とわたしの自己との入れ替わりが続く。

私に意見を求めてくる。

「このネクタイ、似合っているでしょう」

彼はネクタイなどしていない。ネクタイをしているのはわたしだ。それでもわたしは返事する。

「よく似合っているよ」

そのように返事しながら、わたしも自分の主体性を主張しなければならない。

「ぼくのネクタイ、少し曲がっているようだ」

わたしは現実のネクタイを直す。

「かなわないなあ」

このような繰り返しのなかで、次第に共感的なコミュニケーションが可能になる。

赤ん坊の世界

このような現象は子どもの世界ではめずらしいことではない。赤ん坊の頃からこのような出来事を数限りなく体験しながら、わたしたちは成長してきたのだ。赤ん坊の時代の母子関係を思い浮かべてみよう。

赤ん坊は母親を映す鏡でもある。母親が恐い表情をしていると、それが赤ん坊のこころに影響を与え、赤ん坊の表情も歪んで泣き出す。赤ん坊の身体に痛みを生じるような事態が発生しているのではない。母親の怖い表情がこころのなかに取り込まれてしまったのだ。

赤ん坊が母親を映す鏡であるように、母親も赤ん坊を映す鏡である。赤ん坊の体調が悪いと、母親は眠っている時でも胸騒ぎのようなものを感じて目覚める。母親の身体に異常が生じているわけではない。母親が赤ん坊の側に生じている不調のサインを感じ取り、目を覚ますのだ。そして赤ん坊の世話をする。こうして母子の間に共感的なコミュニケーションが作り上げられる。

「ボク、鏡です」という青年には、このような愛着の絆が十分に形成されていなかった。今からでも遅くない。このような関係をしばらく続けて行けばよいのだ。

鏡像の認知

赤ん坊は生まれてしばらくは、自分が体験していることと他人が体験していることとの区別ができない。自己と他者の間にはっきりとした境界は確立していない。そのために自他を混同し、自他を取り違える。このような体験の意味するところは、これがなければ他者に共感し、他者を理解することが不可能になるからだ。

六ヶ月を過ぎる頃から現実の他者の存在と、鏡に映る他者の存在の違いに気づきはじめる。鏡のなかに映っている母親の姿を見て微笑みかける。しかし、母親が実際に存在している場所から話しかけると、幼児は驚いて視線をそらし、母親の声のする方を振り向く。そして鏡のなかの母親の像と現実の母親の姿を見比べる。こうして現実の母親の姿と像としての母親の姿が区別できるようになる。

それから少し遅れて鏡に映る自分の姿があることを学ぶ。「ここ」にいる自分と、「あそこ」の鏡のなかに映っている像が同じであり、しかも単に鏡に映っている「わたし」にとどまらず、それは「鏡のなかのわたし」という自己認知への移行でもある。

鏡に映る自分を自分として認識する能力を鏡像の認知という。

鏡のなかのわたしに自己の願望を重ねる。さらに鏡像の認知を通して自分の姿が他者にも、そのように映っているということを学習する。

『鏡の国のアリス』のなかで、アリスは暖炉の上に掛けられていた大きな鏡を通り抜けて、鏡の向こうの世界に入り女王様になる。

『秘密のアッコちゃん』では、アッコちゃんは鏡の精からもらったコンパクトに、「テクマクマヤコンテクマクマヤコン……になれ」と呪文を唱えることにより、憧れの職業に変身する。子どもたちはこのようなドラマに熱中する。

鏡という存在は自分が何者であるかという基本的な認知、自我の発達に根本的に関わっている。

オトコ・オンナ

深刻な悩みを持つ青年に出会った。子どもの頃から「オカマ」「ケツがでかい」などと仲間から陰口を叩かれ、いじめられてきた。男性の服装をしており、言葉遣いも男性的であるがひげは濃くなく、手足の毛も薄くてどことなく女性的な印象を受ける。おしりも大きくてふっくらとしている。

自分のことを「ボク、オトコ・オンナです」と自嘲気味に語る。

半陰陽

医学的には女性仮性半陰陽と診断された青年である。卵巣を具えており、ホルモン的にはオンナであるが性器が外見上は男性化していた。そのため男の子として育てられた。男の子として育てられたので服装や言葉遣いは男性的であるが、基本的には女性である。

子どもの頃から元気な男の子と一緒に遊ぶのが苦手であった。乱暴な男子は大嫌いであり、女の子とよく遊んでいた。性器の発達が未成熟のため坐ってトイレをしなければならない。

この青年と反対に男性仮性半陰陽と診断された若い女性に出会ったことがある。子どもの頃から遊び相手はほとんど男の子であり、木登りや駆けっこが大好きであった。ままごと遊び、人形遊びなど、女の子の遊びにはほとんど興味を示さなかった。両親はお転婆なことを悩んでいた。思春期になっても女性らしい振る舞いはみられない。

彼女自身は女性であると思っているが、身体つきは男性的であり胸も大きくなっていない。性腺としては精嚢を具えており、ホルモン的には男性機能を有しているが性器が外見上は女性化していた。そのため女性として育てられたのであった。

ヘルマフロディトスとアンドロギュノス

半陰陽はインターセックスあるいはヘルマフロディティズムと呼ばれ

る。ギリシャ神話のヘルマフロディトスに由来する。男女両性具有者である。

絶世の美少年であるヘルマフロディトスが東方を旅しているとき、泉のほとりで音楽を奏でていたニンフのサルマキスに出会った。一目で恋に落ちたサルマキスは彼を誘惑し、身体に抱きつき、神に一心同体となるように祈った。その祈りは叶えられ、ヘルマフロディトスは両性具有となった。

また、アンドロギュノスにも「雌雄同性の、雌雄同花の」という意味がある。ギリシャ語で「男性」を意味する「アンドロ」と、「女性」を意味する「ギュノス」とが組み合わさった言葉だ。ギリシャ神話によれば、人間のはじまりは、男性と男性がくっついた人間、女性と女性がくっついた人間、そして男性と女性がくっついた人間という、三種類の人間があった。アンドロギュノスは男性と女性がくっついた人間のことを呼ぶ。しかし、ゼウスの神がこれらの人間の不遜な行動に怒り、それぞれの身体を二つに分離してしまった。それ以後人間は、元の姿に戻ろうとして他者を求めるようになった。

両性具有には男であること、女であることにかかわらず、このように神話時代より、性に基づく人間の原初的な願望が秘められている。

アニマとアニムス

ユング心理学によれば、男性の人格にみられる女性的な側面をアニマと呼び、女性の人格に見られる男性的な側面をアニムスと呼ぶ。「オトコ」のこころのなかにはアニマと呼ばれる母親のイメージにつながる永遠に女性的なものが内在しており、「オンナ」のこころのなかにはアニムスと呼ばれる父親のイメージにつながる権威的なもの、理性的なものが内在している。

これら二つの傾向がオトコとオンナのなかでバランスがとれていればよい。しかし、権威的、理性的に振舞っているオトコがアニマにつながるエロスに振り回され、あるいはオンナがオトコとの競争のなかでアニムスに支配され、ロゴスに振り回されて女性的な魅力を見失ってしまうこともめずらしいことではない。

ジェンダー

オトコとオンナは遺伝子により決定される。これが性別に関する生物学的決定要因である。生物学的に規定される性をセックスと呼ぶが、性の意識を決定するものはこれだけではない。

生物学的に決められた性を社会状況のなかでオトコあるいはオンナとして、どのように役割を引き受けて自立するかが重要である。文化的な存在としての性の概念をジェンダーと呼ぶ。

性同一性障害

自分の性に違和感があり、オンナからオトコに性を変えたい、あるいはオトコからオンナに性を変えたいと願望する人たちがいる。染色体に異常が認められないにもかかわらず、反対の性を指向する人たちであり性同一性障害（GID）と呼ばれる。

子どもの頃から反対の性に強いあこがれを抱いており、生物学的な性に求められる行動をとることに強い抵抗感がある。

スカートを拒否する少女

中学校のスクールカウンセリングで出会った女子生徒の話である。母親の話によれば、小さい頃から女の子が好むようなままごと遊びや人形遊びなどは大嫌いであった。反対に、男の子と一緒に身体を動かす活発な遊びが大好きであった。女の子らしい可愛らしい服装をさせようとしても駄目である。

小学校の入学式当日、母親がスカートを無理やりはかせようとした。子どもは泣いて抵抗した。母親はスカートをあきらめた。自由にさせるとズボンに着替えて喜んで登校する。女の子同士よりも男の子と一緒に遊ぶ。

中学校への入学式は大変であった。制服が指定されていた。両親に説得されて制服を作るまではいやいや同意した。当日、正装をしている母親に泣きつかれて無理やりスカートの制服を着せられた。当日は仕方なく登校した。帰宅するなり制服を脱ぎ捨て、自室にこもってしまった。翌日から登校拒否である。

このような女の子は女性としての身体構造を認めようとはしない。二次性徴の時期になり、乳房が大きくなりはじめると大きな悩みとなる。ダイエットをする。目立たないように布できつく胸を締めつける。初潮は面倒なだけである。オシッコを座ってすることを拒否することもある。「ペニスが生えてくる」という願望を抱いている。

教育的配慮

性同一性障害について学校側の理解がないと、登校拒否はいつまでも続く。制服の着用は校則で決まっている。わがままは許されない。例外を認めたら生徒指導はどうなるのか。これが一般的な学校側の意見である。学校側の不満が親に向かい、どのような躾をしてきたのだと親が非難されることもめずらしくない。

この女子生徒に出会ったのは二十年以上も前のことである。わたしはカウンセラーとして意見を求められ、次のように提案した。性同一性障害に伴う言動以外に、登校を妨げる要因はなにもない。ジェンダーについての悩みを認めれば、簡単に解決する。男子生徒と同じ服装を許可すればよい。クラスの仲間が疑問を抱くようなら、本人と保護者の同意を得てクラスの仲間の了解を得るようにすればよい。それが子どもたちの個性を尊重することであろう。

しかし、わたしの提案は受け入れられず、三者面談により妥協が図られジャージ姿で登校することになった。これが教育的配慮というものらしい。

本人は不満であったが、三年間、ジャージ姿で通して、登校拒否をすることもなく卒業した。個性を大切にする教育と口では唱えながら、没個性的な服装をさせることにどのような教育的意味があるのか理解できない。そういえば当時、大抵の教師がジャージ姿であった。

男装の女生徒

中学校のスクールカウンセリングで、すでに男子の制服を着て登校する女生徒のことが話題になった。それだけでも生徒指導上大変であるのに、さらに男子の反抗的集団のリーダー格になっているというのである。男装については、三者面談しても聞き入れないので、仕方なく消極的承認のようになっていた。

教師の心配は男装のことよりも、男子生徒と一緒に無断外泊をしている様子なので、性的トラブルを引き起こさないかということであった。性同一性障害の話をして、そのような心配は不要ではないかと答えた。彼女の性的意識は「オトコ」であり、グループの男子たちも一目置いている。オトコ同士なのである。

それでも万が一ということもあるというので、性交渉の具体的な知識をしっかり教えるように助言した。あとで聞くと、生徒に一笑に付されたようである。

ある男子高校生が姉に連れられて相談に見えた。事情を聞くと、小さい頃から女の子が好むような遊びに関心を示し女の子同士の遊びに加わっていた。男の子が誘いに来てもうれしそうな顔をしない。木登りやサッカーなどの活発な遊びは怖いし、なによりも興味がない。男の子が好むようなゲームも苦手である。服装はお姉ちゃんの真似ばかりしてきた。可愛い飾りが大好きである。

小さな頃から、男の子はガサツで乱暴で嫌いであったが、今も変わっていない。

「どうしてオトコは乱暴でガサツで、毛深くて汗臭いのでしょうね」

話し振りや態度は、まさしく女性的である。

男の子同士、女の子同士の集団が形成される小学校の中学年になると、男の子からは距離を置かれ、中学生になるとその態度からいじめられた。オカマ、ヘンタイなどと陰口を叩かれた。小学校では女の子はかばってくれたが、中学校ではかばってくれなくなった。

物心ついた頃から、「ペニスなんか無くなればよい」と思っていた。

女の子になりたいと願う男子は肯定的に評価されることはない。それどころか同性愛者の大人から誘惑される危険もある。中学生の頃、親切な大学生と思って下宿に遊びに行ったらセクハラされたこともある。性同一性障害に悩みながら成人したが、その後、自分の性を個性として前向きに生きて行く決心をした。

オトコとオンナの脳機能

子どもの頃からの反対の性への強い憧れと行動は、脳の機能とも密接に関係している。以前、「地図を読めない女」が話題になったが、新幹線の運転士、飛行機の操縦士などは一般的に男性が得意な分野である。これらはいずれも脳の空間認知能力と関係している。

空間認知能力を測定する心理検査として「メンタル・ローテーション・テスト」がある。さまざまな角度から見られたブロック図形のなかから正しいものを選ぶテストであるが、男性に統計学的に高い評価が出る。

このテストを、性同一性障害の人たちに施行すると、「オンナ」から「オトコ」への性転換を希望する女性群では、通常の女よりは高く出るが、通常の男と比較して空間認知能力が低く出る。他方、「オトコ」から「オンナ」への性転換を希望する男性群では、通常の男性よりは劣るが、通常の女性と比較して空間認知能力が高く出る。

性同一性障害の人たちは単に心理的要因や環境的要因によって反対の性に憧れるようになったのではない。それは性差に関係する脳機能変化とも関係している。脳機能は胎生期の性ホルモン作用に基づいている。

性転換手術を受けるかどうかは、自己の身体についての意識とどのように折り合うかにかかっている。性同一性障害の人たちにとって性の意識と行動を脳機能に一致させることは大きな意義がある。

ジェンダーと生育環境

子どもの頃からはじまる性同一性障害に対して、思春期に反対の性に対する憧れを抱くようになり、その結果、性転換手術を希望する場合も多い。数としてはこちらの方が圧倒的に多い。

これらの人たちは脳機能の特異性に由来するのではなく、心理的要因や環境的要因によって反対の性への願望を抱くに至った場合である。前者が本格的な性同一性障害とすれば、こちらは性同一性障害周辺群と言える。

心理的、環境的要因としては親子関係を中心とした対人関係の問題が大きい。具体的には不適切な養育、虐待、いじめ、両親の不和などが挙げられる。

女子の背景

性転換手術を希望する人たちにコンサルテーションをしていた頃の経験である。二十代の女性の相談を依頼された。母親が不倫をしたため家庭内の争いが絶えなかった。母親はキッチンドリンカーからアルコール依存になった。温かい家庭の雰囲気は失われ家庭が崩壊し、両親は離婚した。父親に引き取られてからは家事を分担し、母親の役割を演じた。

父親に同情すればするほど、身勝手な母親を許すことができないと考えた。しかし、自分はその遺伝子を引き継いでいる。「オンナ」として生きる自信はないが、父親をモデルとして「オトコ」としてなら生きていけそうだ。こうして性転換手術を希望するようになった。

彼女の気持ちは理解できなくもないが、父親と一緒に暮らして母親の役割を上手に演じているこころのなかには、不倫に走った母親への「オンナ」としてのライバル意識が隠されている。

母親より自分の方が「オンナ」として父親をうまく扱うことができるという自負が隠されている。表面的には「オトコ」として生きていこうとしているが、父親への強い情緒的結びつきがあり、「オンナ」の生き方への願望も失われていない。

エレクトラ・コンプレックス

娘が父親との間に性的関係を持とうとする願望はエレクトラ・コンプレックスと呼ばれる。ギリシャ神話における総大将アガメムノンは、トロイ戦争から帰った後、クリタイムネストラ妃とその情人アイギストスに殺された。まだ幼かったエレクトラは弟オレステスが成人するのを待って、二人して父の仇アイギストスを殺し、死を逃れようとする母親をも殺した。

「オトコ」に転換を希望するこころのなかには、父親を裏切った母親への強い否定的感情とともに、父親への強い情緒的結びつきがあり、こころの深層にはエレクトラ・コンプレックスが隠されている可能性がある。手術を考える以前に、専門的カウンセリングが求められる。

男子の場合

性転換手術を希望する二十歳の男性の場合である。父親の不倫と暴力にたまりかねて、親が離婚した。その後、母親と一緒に暮らしている。母親をかばって父親からしばしば暴力を受けた。

現在はアルバイトしながら専門学校に通い、働く母親を助けるため、家事を引き受けている。母親にはすべて話せる。学校で嫌なことがあるといつでも聞いてくれる。頼りになる母親である。

父親は最低の人間であった。しかし自分はその体質を引き継いでいる。父親のことを思い出すと激しい怒りがこみ上げてくる。「オトコ」は嫌いだ。母親のような「オンナ」として生きていきたい。早く手術をして「オンナ」になりたいと願っている。

エディプス・コンプレックス

男の子の母親に対する性的願望は、エディプス・コンプレックスと呼ばれる。テーバイの王ライオスの息子エディプスは自分の生い立ちに疑念を抱いて、旅に出る。その途中、狭い道でライオスと出会い、高飛車に道をよけろと言われ、実父とも知らずに争って殺してしまった。ライオス王の死後、摂政をしていた妃イオカステの兄弟がスフィンクスを退治した者に、妃と王位を与えると布告。スフィンクスの謎を解いたエディプスは母親と結婚して王位につく。しかし、真実を知ったエディプスは自ら眼をえぐり出して放浪の旅に出た。

父親に対する激しい嫌悪の念と母親に強く愛着を感じる背景には、このようなコンプレックスが隠されている可能性がある。一時的感情に支配されて手術を決める前に、専門的カウンセリングが求められる。

性転換手術の危険

性転換手術を希望する人たちが増えてきた背景として、家庭崩壊の問題が大きい。彼ら彼女らは親子関係の大きなトラウマを抱えている。こころのケアを受けることなく、安易に性転換手術に踏み切ったらどうであろうか。一時的には満足できても、人との出会いによって、心境が変わる可能性は十分ある。しかし、元の身体に戻ることはできない。その悩みから自殺に追い込まれることも少なくない。

形成外科コンサルテーション

形成手術を求める患者がその結果に対して非現実的な期待、魔術的な期待を抱いていることはめずらしくない。特に目、鼻、口などのマイナーな顔面の変形について形成手術を希望する場合には、青年期特有の自己イメージについてのコンプレックスが関係している。美容目的の手術によって自己イメージに対する非現実的な期待が十分に満足されることはない。

毎日、鏡で顔を眺めているうちに手術結果に不満が生じる。再度の手術によってさらに魔術的な願望を満足させようとする。こうして手術が繰り返されるのがポリサージャリーである。こうなると元の顔に戻ろうと思っても無理である。このような悲劇に陥らないために手術に際しては心理的リスクについて評価し、コンプレックスが関係している場合には専門的カウンセリングが求められる。これが形成外科コンサルテーションである。

オト・オカアサン、オカ・オトウサン

ある女子大生の両親のイメージをめぐる深刻な悩みである。子どもの頃から自己主張することのない目立たない子どもであった。女子大に入学当初は祝福されて登校していたが、友だちと話が合わないという理由で休むようになった。

やがて幼稚園児のように父親に身体を寄せながら甘える。母親がその様子を見て、「赤ん坊みたいな真似をして、おかしな子ね」ときびしく注意する。

オト・オカアサン

学校に行くのが嫌だから、「わざとそんな真似をしているのではないか」というのが母親の意見である。「子どもが求めるのだから」そのように対応してやればよいではないかというのが父親の意見である。そのような状況が続いた後、父親のことを「オト・オカアサン」と表現するようになった。娘の情緒が安定した後でその理由を聞くと、一家を支えるしっかり者の「オトウサン」であるが、同時に「オカアサン」のような優しいところもある。

一般的に父親という存在は、現実であり、権威であり、法であり、論理である。それゆえに父親は、一方的で、説教が得意であり、煙たい存在である。しかし、頼りになる存在でもある。それに反して、母親は情緒的存在であり、話を聞いてもらえ一緒に泣いたり笑ったりしながら、味方になってくれる存在である。

「オト・オカアサン」という表現は父親に属する心理的特徴とともに、母親が有している心理的特徴をも備えている。「しっかり者であるが、優しい父親でもある」存在を象徴的に表している。

オト・オカアサンの性別

「オト・オカアサン」がこのような父親像を表現しているだけであれば、特に病理性はない。しかし、父親という存在が子どもの頃からどのように認識されているかに注目すると深刻である。

「おかしいのですよ。オト・オカアサンにはオチンチンがないのです！」

子どもの頃、お風呂に入れてもらった記憶である。

「フワッとした毛に隠れていて、オチンチンが見えなかった」

その疑問は成長した今も続いている。

「大きくなってからは、一緒に入らないでしょう。オチンチンがあるのかどうか、いくら考えても分らない」

彼女は父親のペニスの存在を否認した。父親が性的存在でもあるという認知が成熟することなく、いわば中性的な存在のままにとどまっている。先に述べた、「オトコ・オンナ」的存在、「オトコ」と「オンナ」に分化する以前の原初的な姿にとどまっている。

性の意識

父親を性的存在として認める段階にまで至っていない。そして赤ん坊のように振舞っている。「子ども返り」している。心理学的には退行と呼ばれるが、これはより早期の発達段階に戻って適応しようとする機制である。

その後、性の意識についてのエピソードが明らかになった。高校の修学旅行で同室になった同級生からエッチな週刊誌を見せられた。大きなショックを受けて帰宅後、しばらく茫然と過ごしていた。このエピソードを聞きだした母親はいじめと解釈して、同級生を激しく非難した。母親は生来、特にそのような話題が嫌いであった。

小学生の頃一度だけ、母親に「赤ん坊はどうして生まれるの」と尋ねたことがあった。母親は答えに困り、咄嗟に「コウノトリが連れてくる」と答えた。それ以後、二度と同じ質問をすることはなかった。母親は性に関しては極端に潔癖であり、道徳的に決めつける傾向が強い。そのため母子の交流は一方的になったが、表面的には何事もなかったように経過した。

父親が介入しようとすると、子どもの面倒をみているのは自分だからと、容易に引き下がらなかった。

この女子大生が父親に抱く「オト・オカアサン」のイメージというのは納得できるが、重大な病理はペニスを持つ性的な父親の存在が認知されていないことである。通常は四歳から六歳にかけてみられる男の子の場合のエディプス・コンプレックス、女の子の場合のエレクトラ・コンプレックス、すなわち同性の親への敵意と異性の親への愛着が未熟なままにとどまっている。その背後には性的なものに対して極端に潔癖な母親の存在がある。

オカ・オトウサン

父親が「オト・オカアサン」なら、母親はどうなのかと尋ねると「オカ・オトウサン」と答える。世話してくれる「オカアサン」であるが、きびしい母親であり、「オトウサン」のような存在だからだ。

現在、このような「オカ・オトウサン」に悩んでいる子どもたちも多い。母性的な側面を感じるよりも、論理的できびしい「オトウサン」的なイメージの母親に苦しむ子どもたちである。男性と競いながら職場環境で働く「オカアサン」が増えたこととも関係しているのかもしれない。

さらに離婚して母子家庭になると、母親は「オカアサン」と「オトウサン」の両方の役割を演じなければならない。「オカアサン」のようにやさしく接しながら、肝心なところでは「オトウサン」のようなきびしい態度で接することが求められる。二つの役割のバランスが取れていれば理想的であるが、ゆとりを持てない「オカアサン」たちも少なくない。

オチンチンを持ったオカアサン

「オチンチンを持ったオカアサン」という表現をする子どももいる。家族の絵を描かせると男性イメージの母親の姿を描く。ペニスを持った母親を幻想する子どももいる。今回の女子大生はペニスの存在を否認したが、ここでは母親のペニスが幻想されている。

「オト・オカアサン」と「オカ・オトウサン」について、漢字の表記も教えてくれた。「オト・オカアサン」は「男・女」であり、「オカ・オトウサン」は「女・男」である。これに習えば、きびしいなかにも、やさしいところがある父親は「男（女）」と表現され、やさしいなかにもきびしさを備えた母親は、「女（男）」と表現してもよいであろう。

自己実現への道

自我が発達するためには両親に対する「オト・オカアサン」「オカ・オトウサン」というイメージが自己のイメージのなかに取り込まれ独自の個性となり、自己実現への道を辿らなければならない。性的意識は六歳ごろから潜伏期に入りコンプレックスは消失するといわれている。思春期に入り性的衝動が高まってくると異性の性器への関心、対象との性的結合のみならず、精神的結合を求めるようになる。性的意識を含めた「オト・オカアサン」「オカ・オトウサン」のイメージが自己のものとして内在化されていないと思春期の危機を乗り越えることはできない。

十ヶ月で自殺した

リストカットを繰り返していると主張する、若い女性の深刻な悩みである。「毎晩、手首を切って自殺している」と口にする。驚いた母親がいくら調べてもリストカットの傷跡は見られない。言い争いになり、医者の意見を聞こうということになった。

「おかしなことでしょう。一体、どうなっているのでしょうか」

母親は終始、怪訝な顔をしている。母親が言うように丁寧に診察しても傷跡は見つけられない。そのことを指摘すると、きびしい視線をこちらに向ける。

「この傷跡が分からないのですか！」

こちらの目の前に、手首を突き出す。

「よく見てください。これが証拠ですよ」

彼女が指し示したのは手首の皮膚の皺の何本かである。

「昨夜は血がにじんでいたのですよ。よく見てください」

健康な皮膚であると説明しても聞き入れない。

「錯覚ではないですか？」

事態はさらに悪化する。

「わたしを疑っているのですか。おかしい人間だと思っているのですか」

沈黙していると、さらに追い打ちをかけられる。

「それでも精神科のお医者さんですか！」

「人を信じなくてよいのですか！」

彼女の剣幕に押されて、疑ったことを全面的に謝る。

「あなたが実際に経験したのだから、間違いないですね」

少し安心した表情になる。

「いつから、このような自殺をしているのですか？」

「生まれて、十ヶ月の時からです！」

「それから今までずっと？」

「何回も生まれ変わったよ！」

リストカットによる自殺を繰り返しながら、その都度、生まれ変わってきたというのだ。その証拠が手首の皺である。

幼児期の恐ろしい体験

その後、生死についての重要なエピソードに辿りついた。一歳頃、母親が一人で入浴させていて、彼女を溺れさせたことがあった。彼女が主張する生後十ヶ月目であったかどうかは定かではない。母親はパニックになり浴室を飛び出した。夫に助けを求め、救急車で病院に搬送された。「もうちょっとで危ないところだった」と説明された。

このエピソードは話題にされることはなかった。生来、病弱であり、離乳期には自家中毒を繰り返し、物心ついてからも心身の不調に悩まされてきた。

ウィニコットによれば、乳幼児期の赤ん坊は想像を絶するほどの不安という絶壁の上に立っている。この不安は赤ん坊に対する母親の世話によって遠ざけられ、赤ん坊が求めるものを察知する母親の重要な機能によって遠ざけられる。それがうまく機能しないと、精神病的不安が形成される可能性がある。

メラニー・クラインもこの時期の乳児にとって、母親の愛情と理解のみが精神病的な性質を帯びた未統合と、不安の状態に打ち勝つための最も強力な支えであると述べている。自家中毒を繰り返していたことも、赤ん坊の想像を絶する不安を助長したと思われる。

生来の病弱、このような不幸な出来事、その後も続いた心身の不調に際して、赤ん坊の人格全体にわたる世話とともに、子どもの要求を察知するという母親の重要な機能が十分に果たされなかった可能性がある。

死と再生

一方、病弱な娘に対して、母親が一生懸命育児してきたことも事実である。母親に対する否定的な感情がこころの奥底に存在したとしても、母親を告発することはできない。母親の庇護がなければ彼女は生存することはできなかった。なによりも母親を罰するという考え自体が許されない。そのような自分の存在を罰するかのように、「自殺する」という観念を抱くに至ったとも考えられる。

心身の不調に追い詰められるたびに、手首を切るという観念的な自殺を繰り返し生まれ変わってきた。しかし、それだけでは片付けられない真実がある。その都度、健康なこころの部分が機能して、再生してきたのだ。

手首の皺としか認識できない模様のなかに、死と再生のテーマが隠されている。幻覚妄想といった精神病理学用語では説明できない、人間の真実が提示されている。

ガンバロー

ある青年が父親とともに外来に現れた。オドオドして視線を合わせようとしない。「なにか困っていることがあれば、教えて欲しい。助けになれるかもしれない」と話しかけても黙っている。

会話ができないので、取りあえず握手を試みる。

「よろしく」

少し驚いた表情をして、おずおずと片手を差し出す。柔らかくてフニャッとした感触で、全く力が入っていない。

「力が弱いの？」

「そんな事ありません」

「じゃもっと力を入れて握手しよう」

少し力を入れるが、相変わらず弱いままである。

元々、引っ込み思案で神経質な少年であった。中学時代にいじめに遭った。高校時代はまわりが元気な連中ばかりで気後れして、一人ぼっちだった。卒業後は引きこもっている。

再診の約束ができたので確認の握手をして別れる。

そのうちにボツボツと体験を話してくれるようになった。大変な体験であった。

四六時中、自分に命令する幻の声に悩まされている。引きこもりだした頃からはじまった。最初、空耳かと思っていたが、次第に声の内容がはっきりしてきた。食事をしようとすると、問いかけられる。

「なにをするの?」

仕方なく、「ご飯を食べる」と答える。

「なにを食べるの?」

うるさいので、無視しようとするが、おさまらない。

「放っておいてくれ!」

無視して食事を取ろうとすると、途端に命令口調になる。

「食べるな！」

洗面所で歯磨きしようとしても、トイレでも同じようなことが起こり立ち往生する。外出しても道路の端ばかりを歩こうとする。人と目が合うと「探っているのではないか」という考えが浮かぶ。他人は信用できない。自動車が身体すれすれに通過すると、接触したようで恐ろしい。他者に探られている感じは、感覚のレベルから確信に変わり、身辺は危険に満ちたものになる。

「自分は一体どうなっているのか」

「こんなに苦しいのなら、死んだ方がましだ」

自我意識

青年の悩みは、「わたしはわたしである」という自我意識に関係している。

クリスチャン・シャルフェッテルはそれを五つの次元にまとめている。自己が生けるものとして自明的に存在しているという「自我生命性」の次元、自己がすべての知覚、感情、情動、行動、意志の自力的な行為者であるという「自我活動性」の次元、自己が一つの全体をなしており、たとえ一人の人間の感情のなかに矛盾したもの、分離したもの、両義的な傾向が実感される場合でも、自己は単一であり分割されえないという「自我単一性」の次元、自我と非自我を区別し、自己と環境世界の間に境界を引き、それを監督するという「自我境界性」の次元、人生行路における自己の同一性を可能にする「自我同一性」の次元である。

「わたし」という意識の混乱

この青年は自分が生けるものとしてかけがえのない存在であり、自分が行為の主体であり、矛盾を感じることがあっても、自分は一つの存在であり、自分と他者、環境世界の間にはしっかりとした境界があり、人生の方向づけをするという自我意識の次元の働きが脅かされている。自分の考えを自分のものとして実感できないばかりか、それを他人の考え、他人の声のように感じる。自分と他者、事物との間に距離があるにもかかわらず、距離感が捉えられなくなっている。

「わたしはわたしである」という自明性の意識が動揺すると、自己への信頼とともに、他者への信頼も動揺する。世界は不気味なものとなり、他者が自分を探ろうとする。

家族に対して日常生活のさまざまな場面で「大丈夫だ」と声掛けするように勧めた。自己に対する絶対的保証を回復してくれることを願った。そのような対応を繰り返すうちに、深夜、「悪口が聞こえてくる」という方向に向かって叫んだという。

「ガンバロー！」

幻の声の主を捜そうとするのではなく、不快な体験に対して「受けて立つ」という勇気をわたしは讃えた。

その後、深夜に叫ぶと周囲がびっくりするので、こころのなかで「ガンバロー」と叫ぶように勧めた。すると「外から」聞こえてくると思い込んでいた声が「こころ」のなかだけに聞こえるように変化した。そのような自助努力を応援しているうちに、幻の声は消失してしまった。自我意識が健康に機能するようになった。

こころの健康な部分を支える

近代精神医学への道を開いたヴィルヘルム・グリージンガーは、一八六〇年代にすでに今日的な治療について述べている。

一方では病的気分と表象が取り除かれる必要があるが、他方では精神的混乱のなかでも失われることなく、なお十分に立ちあがる反応性を有している健全な古い自我を回復させなければならない。こころの健全な部分を強化するため、日常生活のすべての面で自己を肯定できるように、周囲の者は努力しなければならない。

統合失調症概念の提唱者オイゲン・ブロイラーの息子で、その治療論を推進したマンフレット・ブロイラーは統合失調症者における「健康なるもの」の治療的意義について繰り返し強調している。

予後不良とされた場合に良好な経過をとることに直面して、こころを動かされることとは、自閉のなかに引きこもっている患者をよく知ると、病的な思考と感情の背後に健全な思考と繊細な感情がひそんでいることを発見できるのであり、しばしば一人の人間の他者への無私の献身とともに患者の雄々しい自助努力が悪い事態を良いものに変化させる助けとなる。

統合失調症の個人精神療法で有名なガエターノ・ベネデッティはヤコブ・ブルクハルト賞受賞講演「精神病理における創造性」を以下の言葉で終えている。

われわれはまさに患者の象徴を通じてわれわれ自身になるのであり、われわれは患者にわれわれの感動を通じて、あの人間性を失わせる患者に欠如している隣人としての次元を与えるのである。われわれは患者と経験の断片的な本質を分かちあいながら、他方では、われわれはまさに患者を必ずしも臨床的成果をもたらすような治療方法に組み入れることができないような場合においてこそ、出会いが有効であることを発見するのである。

ある文学青年

ある青年は長年、家庭の不和に苦しんできた。外出した時、通りがかりの家庭から聞こえてくる笑い声を羨ましく感じた。自分の家では険悪な言葉が飛び交っていた。一人でいる時、悪意と中傷に満ちた幻の声が聞こえるようになった。それは人間世界を超えて自然の世界にまで及ぶ。

話の端々から、文学青年であることが分かった。文学の話を聞くうちに、チラシの裏に書きなぐった詩を見せてくれた。そのセンスに感心していると、ノートを持参してきた。家庭の不和に悩みはじめた頃から書きためていたものだった。

恐ろしい体験に圧倒されて、文字が大きく歪んでいるもの、途中で放棄したもの、引きちぎられたページもあった。大切な療養の記録であり、わたしにとっても教えられることが多かった。
そのなかの一編である。

詩の切れ切れに
部屋を暗くして耳を壁につけろ
笑っている奴の声が聞こえる
花も鳥もせせら笑う

やつらを捜せ！
「真実の仮面」を「虚構」に変えて
武器は「明るさ」だ！
戦士は子供達だ！

苦しい体験との闘いの武器は「明るさ」である。明るさがあるかぎり、苦境を切り抜けられる。健康なこころの部分は十分に反応可能性を有している。病的体験という

「真実の仮面」を「虚構」に変えればよいのだ。

自分を中傷する「やつら」と闘う戦士は、「子供達」だ。闘う勇気を讃えるとともに、助けも必要なことを強調した。

マンフレット・ブロイラーは統合失調症者に対しても、健康な人たちに対するのと同様に、自己に対する尊厳を回復し、自信を持って仲間内に戻れるように、いつもその近くにとどまり援助しなければならないと述べている。

地獄の一季

青年はアルチュール・ランボーに憧れていた。わたしも読みたくなった。ランボーは、近代の詩壇を迂愚と糾弾し、道徳を脳味噌の堕落とみなし、言葉の錬金術を発明し、地獄の責苦に苦しんでいた。

青年のお気に入りの『地獄の一季』の一節である。

僕の言葉の錬金術では、詩的な古物が大きな顔をした。

僕は簡単な幻覚に自分を慣らした。例えば、僕は楽に見たものだ。工場が在ると回教寺院を、天使たちがつくった鼓手養成の学校を、天の八街駆けめぐる無蓋の四輪馬車を、湖底に沈んだ応接室を、悪鬼を、不思議を。喜歌劇の外題一つで、僕の眼前に驚愕が立ちはだかった。

さて、その上で、僕は、自分のまやかしの詭弁を言葉の幻覚で説明した！

ランボーは十六歳から十九歳まで天才詩人の名をほしいままにした。しかし、『地獄の一季』が出版所から届けられると、酒の酔いからさめた人のように、それらをことごとく焼き放った。

僕は新しい花を、新しい星を、新しい情欲を、新しい言葉を発明しようと試みた。僕は超自然の能力を獲得しうると信じてきた。ところが今、僕は自分の空想と追憶を埋葬しなければならなくなった。

以後、ランボーは詩人としての人生を捨て、冒険家、旅行家、探検家、商人として生きた。

錬金術

ランボーは言葉の錬金術により夢想で、十字軍、前代未聞の冒険旅行、鎮圧された宗教戦争、民族と大陸の大移動を作り出し、母音の色彩を発明し、子音の形態と運動を調整し、万人の感覚に理解されるはずの詩の言葉を発明した。

ここで錬金術について考えてみたい。ルドルフ・ベルヌーリはアラビアの学者たちによって「アル・ヒミア」と名づけられた庭園に触れている。その概観はこうだ。城門を通って庭園のなかに入ってみると、美しい清潔な花の咲き乱れているのではないかという期待は裏切られ、荒れ果てた紛糾、無秩序であり、一面雑草に覆われており、造園のもととなった設計はほとんど面影もない。しかし、小さな空き地に座ってみると、たんぽぽや、はなたねつけばなや、ありとあらゆる春の草がびっしりと生えている。すべての植物は芥子粒の種子から大きな木に育つ。干からびて死んでいるように見える粒から生命が展開していく。錬金術が繰り返し強調する発芽の驚異である。蕾がほころび花が開くと花粉が風に運ばれて他の花に受粉する。錬金術でいう結合が生じる。
ランボーにとって精神的激動は、地獄の責苦に苦しみ、荒れ果てた紛糾、無秩序を強いたが、それだけで終わらなかった。そこには種子が蒔かれており、新しい展開が用意されていた。ランボーは文学とは離れたが、新しい花が咲く人生を歩むことになった。

この青年も病気を経験することが錬金術となり、新しい人生の種子がまかれ花が咲くことを祈っている。

温かい毛布

ある青年と隔離室のなかで出会った。自分を脅かす幻の声の主を見つけ出し、嫌がらせをやめさせようと奮闘していた。その活動中に近所とトラブルになった。

冬の最中であった。暖房は入っていたが、隔離室の床の上に布団を敷いて寝かされていた。暖房は十分ではなかった。母親はそれに気づいて、フワフワとしていかにも温かそうな大きな毛布を持ってきた。看護スタッフからは危惧の声が出た。大きな毛布に覆われて横になられると十分に観察できない。そこで本人、母親、看護スタッフ、わたしの四人で話し合い、追いつめられて自分を傷つけるなどの心配をかけるような行動は決してしないことを本人と約束した。

青年は当初、こちらが隔離室に入ろうとすると、そっぽを向いて迷惑そうな態度を示した。それでも寝ている側で、黙って座っていることを繰り返した。やがて日常の挨拶が可能になった。

毛布についての印象を尋ねた。

「温かいですよ」

天井を見つめて、ぶっきらぼうに答える。

日が経つうちに表情がおだやかになってきた。

「温かくてありがたいですよ」

言葉づかいも丁寧になった。そのうちに困ったような表情を見せる。

「温かいのはありがたいのですが、困ったことがあります」

「どんなこと?」

「夜中に、俺も入れてくれ、俺も入れてくれと、みんなが毛布に入ってくるのです。ゴソゴソしてうるさくて、眠れないのです!」

「それは大変だね。でも毛布はすごく人気があるのだね。ところで誰が入ってくるの?」

「入院している連中がいろいろと入ってくるのです」

「姿が見えるの？」

「いいえ、見えませんが、なんとなく感じで分かるのです」

その機会をとらえて、彼が周囲の感覚に敏感なこと、そのため存在していない人の声を聞いたり、周囲の動きを察知したり、物事を悪く解釈するのではないかと説明した。黙って聞いていた。

「顔も知らない入院患者さんが入ってくるなんて不思議だね。連中は、君と一緒にいたいのかな」

否定も肯定もしない。次いで、わたし自身の存在についても単刀直入に質問した。

「そのなかに、わたしも入っているかな？」

「そうかも知れませんよ」

ニヤッと微笑んだ。

このようなやり取りを繰り返しているうちに、幻の声は次第に小さくなり、その毛布とともに隔離室を出ることができた。幻覚妄想の世界のなかで悪意のある声、被害妄想に苦しめられていたが、母親の差し入れによる温かい毛布のなかで眠ることによって、不特定多数の他者との信頼関係も回復した。そのなかに主治医も入っていた。

移行対象

ウィニコットは子どもの自我の発達において、母子をつなぐ愛情の絆としての移行対象の重要性を明らかにしている。誕生するまでは母親と一心同体であり、外的世界とは母親そのものであった。それが誕生とともに切り離されてしまった。

移行対象とは自分のものではない所有物でありながら、自分と外的世界との橋渡しをするものである。幼児期早期には、おしゃぶり、乳の匂いのするガーゼ、母親の匂い、母親の愛撫、母親の子守唄などが挙げられる。幼児期になると、毛布、シーツなどが選ばれ、やがて人形やぬいぐるみに移る。自立するにつれてこのような対象物は自然に捨てられる。

想像力の領域

冬の寒さを心配して持参した母親の毛布は大きな心理的意味を持った。フワフワしていかにも温かそうな毛布を通じて、ひとりぼっちの青年は他者との情緒的つながりを回復した。温かい毛布に包まれて眠るという体験を通じて、主治医を含めた他者への信頼感を取り戻すことができた。このような現象が生じるのは、現実と非現実が交差する領域、想像力が支配する領域である。この領域を体験することにより、青年は現実世界に戻ることができた。

毛布のエピソード

ゲルトルート・シュヴィングは看護師として、保護室四号のなかで不気味な静けさと凍結したものに直面する。毛布の下にくるまっている人間の形をしたものは生きているというが、物音も身動きもしなかった。病者と外界との関係は何ヶ月も断たれたままであり、その瞳は閉じられ唇は沈黙していた。シュヴィングは数日間いつも同じ時刻に三十分ほどベッドのかたわらに座ることにした。ある日、毛布がほんの少し持ちあげられた。二つの暗い眼が用心深く周りを見まわす。おもむろに顔全体が現れる。次の日、黙しつづけていた口が開かれる。

「あなたはわたしのお姉さんなの?」

「いいえ」と答えると、「毎日あなたはわたしに逢いに来てくれたじゃないの、今日だって、昨日だって、一昨日だって!」

シュヴィングは精神病になされねばならない治療の予備的な部分とは「母の体験」であり、これこそが正常な幼児の自我状態への退行を可能にし、人生の最初の数年間に支払われないままになっていたものを患者に遅ればせながら与えるのであると解説している。

小鳥の死

自立を求められる状況のなかで、若い女性が苦しんでいた。自分の座標軸を見失い、自己存在感の喪失に悩んでいた。自分が生きており、現実に存在しているという感覚の喪失に悩んでいた。

そこから回復しようとする自助努力のなかで小さな悲劇が生まれた。

「今週、飼っていた小鳥が死んでしまった」

「卵を生んで楽しみにしていたのに」

「私がちょっと強く握ったら、死んでしまった」

自分の存在感を確かめようとして、小鳥を飼い、大切に育てていた。小鳥の生命的感情を実感することによって、自分の存在も実感することができる。やがて小鳥が卵を産み、そこから新しい命が生まれる。そうなれば自分も生きて行くことができる。そんなことを夢見ながら、小鳥の命を実感しようとして、ちょっと強く握った。小鳥は死んでしまった。

対象との距離感

愛する対象とこころの距離を保つことは難しい。いかに善意に満ちたものであっても、あまりに強く接近すると、対象そのものを破壊する危険性がある。彼女は対象に対して、ほどよい距離を取ることができない。

相手を傷つける言動をしたとしても、彼女を非難してはならない。相手の気持ちを推し量り、適当な距離をとることができないのである。不用意に非難すれば自殺に追い込む危険性がある。彼女の安全を保障しつつ、ほどよい距離を保つように配慮しなければならない。

代理自我

彼女は「人間になれるのだろうか」と自問していた。それをノートに記していた。

怖い！
自分で選択すること、選ぶこと、
自分で決めること、
自分で責任を持つこと、
自分で決めること、
が怖い

誰かに甘えたい
甘えてもいいの？

ここでは弱い自我に代わって、こちらが一時的に代理自我となり、「こちらが選択をしてあげて」「こちらが決定をしてあげて」「こちらが責任を持つようにする」ことが求められる。

「誰かに甘えたい」という表白を待つまでもなく、十分に甘えを許すような受け入れ態勢が求められる。これは幼い子どもに甘えを許す母親のイメージである。

尽力的配慮と垂範的配慮

ベネデッティは治療者の配慮は二つの面で展開されると述べている。尽力的配慮と垂範的配慮である。尽力的配慮とは患者の立場を肩代わりするような配慮である。具体的には、親切に助言し、指導し、環境を整え、課題の一部あるいは全部を軽減させるように働きかける。必要があれば薬を処方する。

尽力的配慮のみでは十分でない。健全な自主性が形成されるためには、垂範的配慮が必要である。垂範的配慮とは治療者への依存関係を離れて自律性を持って行動できるように促す配慮である。病者に自主的な決断や配慮を呼び戻すために、病者に同伴しながら、こころの働きについて解釈し、先導することである。

「誰かに甘えたい」「甘えてもいいの?」という願いに対しては、まず尽力的配慮が求められ、次いで「自分で選択すること、選ぶこと、自分で決めること」が可能となるように垂範的配慮で対応する。

寄る辺ない子ども

ベネデッティは患者のこころのなかには寄る辺ない子どもが存在しているという。治療者はそのような子どもへの通路を見出さなければならない。弱い自我の患者への高すぎる要求はかえって患者を追い詰め、その安全を脅かす危険がある。何よりもくつろいだ態度が求められる。葛藤の原因を指摘するよりも、まず安心できるように導かねばならない。自らのこころの働きについて直面できるゆとりが生まれてくれば、はじめて丁寧に控えめに問題点を指摘する。

自己を見る

自分を知ることは難しい。誰もが影の部分を背負っており、本当の姿など認めたくない。そのために他者の前で仮面をかぶり、芝居をし、他者の欠点を見つけ出そうとする時がある。しかし、自己欺瞞にはいつか限界がくる。自分の本当の姿を認めざるを得なくなる時がある。

ある若い女性の相談に乗っていた。大学時代は面白くなく、就職活動もうまくいかなかった。欲求不満を「気晴らし食い」で晴らしていたが、そのうちに過食と拒食を繰り返すようになった。摂食障害である。自己嫌悪に襲われてリストカットする。手首に血が滲むと、一瞬ホッとした気分になる。それもつかの間である。自分はなにも悪くない。本当に悪いのは周囲であり、自分を評価しない社会なのだ。怒りがこみ上げてくる。

大学卒業後、就職のあてもなく専門学校に入った。そこで知り合った女友だちに誘われて、海外旅行に出かけた。誰も自分のことを知らない土地に出かけるとホッとした。将来の人生目標などはない。旅行関係の仕事に就きたいと親に嘘をついて、多額の海外旅行費用を出させている。騙しているという罪悪感がないわけではない。最近は友だちに気を遣うのは嫌だからと一人で海外に出かける。

出発前夜、なんとなく嫌な夢を見た。飛行機に乗っても気分は良くならない。目的地のホテルで目を覚まして、ボーッとしていた。その時、手の届きそうな距離に一人の女性が立っているのに気づいた。不愉快な表情で、怖い目をして自分を見つめている。誰もいないはずなのにと訝りながら、よく見ると自分と同じ格好をしている。

「自分だ！」

気づいた瞬間、その姿は消えてしまった。

自己像幻視

自分の身体を外界に第二の身体として知覚する現象は自己像幻視と呼ばれる。二重身とも呼ばれる。いつも欲求不満であり、気晴らし食いを続け、リストカットを繰り返し、海外旅行に出かけることによって、現実の自分を見つめることから逃避していた。しかし、自己像幻視という病理症状を通して、現実の自分の姿に直視せざるを得なくなった。

いつも怒っているような表情と怖い目をした自分の姿にはじめて直面した。それは他者の目に映っている本当の自分の姿そのものであった。この出来事は治療関係に大きなインパクトを与えた。それまでは少しでもこころの問題に触れようとすると周囲に責任転嫁して、耳を貸さなかったが、この出来事があって以降、こちらの話しかけに耳を傾けるようになった。

シンナー吸引中に自己を見る

スクールカウンセラーとして出会った中学生女子である。要領の良い双子の姉と比較され、母親には疎んじられて大きくなった。要らない子と言われ、要領が悪い、素直でないと叱られた。

中学校で喫煙をはじめた。母親は手に負えなくなり、父親に対応をまかせた。父親は躾と称して暴力を振るった。夜間の無断外出がはじまり上級生と性交渉を持った。父親両親との争いは一層激しくなり、夜間に徘徊する仲間とシンナー遊びをはじめた。

半年後、シンナー吸引中「虫がぴょんぴょん飛んでいる」「お化けが見える」という幻覚が現れてきた。そのうち幻覚のなかに「自分の姿」を見るようになった。なにが起こっているのだろうかと戸惑ったが、恐ろしい感じはしなかった。

自分の姿をじっと眺めて驚いた。

「シンナーを吸引していない！」

吸引している最中に、吸引していない自分、健康な自分の姿を幻視したのである。ここには再生への願望が象徴的に示されている。この症状を教師に訴えたことにより専門治療がはじめられた。

勉強部屋で自己を見る

両親に連れられて、ある男子高校生が訪ねてきた。中間試験を受けたことを覚えていないという。返却されたテスト用紙を手に取ると、見覚えのない文字が書かれている。ところが答えは正解である。それをきっかけに変なことが続くようになった。

授業中ボーッとしていると、目の前が真っ白になる。教師が声をかけてもキョトンとしている。精密検査を受けるが脳神経系の異常は指摘されない。

これは解離性健忘と呼ばれる。強いストレスとなる出来事についての記憶が想起できなくなる。両親の期待に添うように試験を受けて頑張ろうとするが、これ以上、努力が続けられないというメッセージである。

それまでの経過が分かった。父親は自分が達成できなかった夢を子どもに求めた。母親も自分の仕事に専念したいため、子どもに早い自立を求めた。両親の共通の関心は成績の向上であった。その成績が次第に伸びなくなった。両親にはきびしく叱責される。テストが近づくと食事が喉を通らなくなった。無理に食べると学校のトイレで嘔吐した。

追い詰められて漠然と自殺を考えながら、勉強部屋でボーっとしていた。気がつくと、目の前に誰かが立っている。誰もいないはずだと思いながら、よく見ると制服を着た自分であった。しかも、元気そうな顔をしている。

「あっ、自分だ！」

確かめようとしているうちに、消えてしまった。死を考えている最中に制服姿で元気そうな自分の姿を幻視した。追い詰められた状況でこころの健康な部分が反応した。

自己像幻視ついては、ゲーテの体験が有名である。逼迫と懊悩のうちにフリーデリケに別れを告げ、ドルーゼンハイムに向かっている時、体験した。

わたしは肉体の眼ではなく精神の眼をもって、わたし自身が同じ道を馬でこちらにやってくるのを見た。わたしは自分がまだ着たこともない服を着ていた。それは金の混じった青みがかった灰色だった。この夢から自分を揺り起こすやいなやその姿は消えてしまった。

この不思議な幻視によって、ゲーテは離別の瞬間にいくばくかの安らぎが与えられたと記している。カール・ヤスパースは注目すべきことは幻視によって得られた満足であり、さらにゼーゼンハイムに帰ろうとしていることであり、それは自分はいつかまた帰るであろうことを意味していると解釈している。

自己像幻視はアリストテレスの記載からはじまり、モーパッサンをはじめ多くの文学作品に見られる。

自己像幻視の臨床

正常者においても、疲労困憊している時、眠りに入る時、目覚める時などにみられることがある。自己観察傾向の強い人、自己愛的傾向の人、想像したものをあたかも実物を見るように思い浮かべることができる直観像気質の人などに生じやすいとされる。

アルコール、シンナー、大麻、コカイン、ヘロイン、LSDなどの急性中毒症状としてもみられる。脳炎、髄膜炎などの熱性疾患、解離性障害、統合失調症、てんかんなどでも報告されている。

自己像幻視は、発達心理学的には子どものイマジナリー・コンパニオンに似た現象である。イマジナリー・コンパニオンとは空想上の遊び友だちを意味し、通常の子どもの発達でもよくみられる現象であるが、特に母親の愛情を剥奪された子どもが視覚空間のなかに、幻影としての仲間を作り一緒に遊ぶ。

デルフォイのアポロン神殿の入口には、古代ギリシャのこの格言が刻まれている。ギリシャの昔から自分自身の本当の姿を知ることは、人生の大きな課題であった。自分の本当の姿、他者の目に映る自分の姿を認めることは決して楽しい作業ではない。しかし、この作業をしなければ、他者との本当の交流は成立しない。

自己中心的独断

森田正馬は、神経質患者の自己中心的独断について述べている。

神経質の患者は常に、「人が誰も自分のこころのうちを知ってくれるものがない、同情がない」といって悲観する。「それなら自分のこころの底をなにもかも知ってもらえばよいのですか」といえば、なかなかそうはいかない。自分の都合の良いことばかり知ってもらって、悪いところは少しでも見られては困るのである。つまり患者は、自分の都合の良いことばかりを考えている。もし自分の悪い方面を知ってもらうようにすれば、それは懺悔である。もし懺悔をすることができれば、はじめて人は自分に同情してくれるようになる。良いところばかり知ってもらおうとすれば、誰も同情してくれないのである。昔から「知己」ということがあるが、よほど修養のすすんだ人でなければ、あてにならぬことである。

そうして森田は「自然に帰れ」と主張する。

最初にこころのおきどころを誤ったために、その苦痛を増長せしめたのであって、これをありのままの自然にかえせば、苦悩はたちまち消散する。自然というのは人生の実際の事実であって、ただ人生をあるがままに見、苦しさを苦しみ、恐ろしさを恐れ、喜びを喜べばよい。

娘が理解できない

こころの悩みは社会変化や家族関係の変化を反映している。高学歴、少子化の時代になれば、親子関係もより良くなるのではないかという意見もあったが、実際は反対のようである。あるカウンセリング講座を受講した母親からの相談である。

娘の言動が理解できない

自主性を尊重して子育てしてきたが、最近、娘の言動が分からなくなった。大学の最終学年になり高校時代のクラブ仲間から旅行に誘われた。出かける時は普通であったが、帰宅した時は顔面蒼白となり、口を利こうともしない。

「みんなの話についていけなった」

それから時々、学校を休むようになった。ブツブツ言いながら、部屋にこもっている。そんな時は歩き方もシャンとしなくて、夢遊病者のようである。イライラして興奮することもある。いつもそうなのではない。出席日数を勘定して不足しそうだと言っては早起きして家を出る。期末試験の勉強もしている。成績がそんなに落ちているわけではない。

「孤独感をなんとかしてほしい！」

このように繰り返し訴えるので、インターネットで調べて講座に参加した。ところが母親がカウンセリング講座を受講したことが分かると、娘が突然、図書館で心理学や医学の専門書を調べはじめた。自分に当てはまると思われる部分をメモしながら、母親にしつこく質問する。

「自閉症ではないか」

「神経衰弱ではないか」

娘がこころの病気であるとはどうしても信じられない。そこでまた口論となる。

「母親と話しても埒が明かない」

後日、娘が一人で外来を受診してきた。

会話の「間」が保てない

彼女の悩みは今にはじまったものではなかった。物心ついた頃から相手との関係に気を遣い、いつもオドオドした。幼稚園では仲間と打ち解けられなかった。他の子どものように、無邪気にはしゃいで遊べなかった。

小学校ではトイレが怖くて「おまじない」をしないと使えなかった。「息を止める」おまじないをしたこともある。息を止めるのは苦しかった。なぜそうしたのか分からない。友だちはできなかったが、当時の担任の先生によく相手をしてもらった。それをきっかけに活発になった。

中学校ではクラスの雰囲気になじめなかった。小学校からの少ない友だちとも離れてしまった。一人でいたら、無視された。当時、円形脱毛症になったが、母親には話さなかった。

高校に入学後も対人関係で緊張することが続いた。会話の「間」をうまく保つことができない。相手のペースに合わせると巻き込まれて、どうしてよいか分からなくなる。悩んだ末、解決策を見つけ出した。自分のペースで一方的に喋ることである。

それに磨きをかけるために、勇気を出して演劇部に入った。

会話術が通じない

こうした自己解決努力により、現在、対人関係の恐怖になんとか対処している。演劇部で磨いた会話術によりなんとか維持しているが、いつか破綻するのではないかと不安である。その兆候を感じて不安になる。アルバイトをしているが、自分流の会話術が通じない相手もいる。手間取っていると、店長から注意される。同僚が叱られていると、自分のことのようでしんどい。横柄な客には暴力的な雰囲気を感じる。

一人が楽であるが、自分だけ別世界にいるような気がして寂しい。孤独感をなんとかしてほしい。とにかく自分というものがない。これから就職もしなければならない。それなのに人とのつき合いに自信が持てない。人の気持ちがうまくとらえられない。

「なんとかして！」

こころのなかで絶叫している。

基本的心性

クラブ仲間との旅行について「みんなの話についていけなった」と述べているが、基本的には幼稚園の頃の心性と変わっていない。「孤独感をなんとかしてほしい」と母親に迫っているが、小学生の頃も同じ心境であったと思われる。「息を止める」おまじないにより、恐怖に対処しようとしているが、「息を止める」ことは、死ぬことにも通じる。当時、それを言語化して伝えることができるまで自我は成熟していなかったが、死がイメージされている。

自助努力

彼女は自己解決能力のある女性である。幼稚園の頃をはじめとして、どの時期においても不登校となる可能性があった。小学校では担任との出会いにより元気になった。しかし、中学校では無視されたため、円形脱毛症になった。それを母親に訴えることなく一人で耐えた。

高等学校では、会話の「間」を保つことができないという欠点に気付き、相手のペースにはまらず、自分のペースを守るテクニックを身につけようとして演劇部に入った。それは一次的に成功をおさめた。素晴らしい自助努力である。

演劇の世界と現実の世界

アルバイトをはじめると、演劇部で磨いたテクニックだけでは事がうまく運ばなかった。演劇ではシナリオがあり、話す内容が決められており、舞台が用意されている。小休止できる幕間があり、なによりも時間がくれば完結する。現実の生活においては事態は絶えず変化し、いつ幕間になるのか分からない。一人芝居を演じるわけにはいかない。臨機応変に相手との共演が求められる。

高校時代から数年が経過しており、仲間はそれぞれに新しい経験を積んでいる。懐かしい話題とともに、その後の経験を話し合うことが楽しみである。この演劇の世界と現実の世界とのギャップに直面して「みんなの話についていけなかった」という発言になったのだろう。

自閉的傾向

彼女は自ら専門書を調べて「自閉症」「神経衰弱」と自己診断した。人の気持ちをとらえるのは苦手であり、対人関係に苦労しているが、自分の病理については専門家のように客観的に判断している。

旅行から帰ってからの情緒不安定は神経衰弱と診断することもできる。子どもの頃からの対人関係の特徴を考えると自閉的傾向が認められる。

最近では、自閉症からアスペルガー症候群、そして正常者に見られる自閉的傾向まで、連続したスペクトルを形成していると考えて、そのため自閉症スペクトラム障害と呼ばれる。正常者でも百人に一人はこのような傾向が認められるとされている。自閉的傾向を有しながらも、彼女は自助努力を続けて来た。その努力が限界を超えると、二次的にさまざまな精神症状を呈することが知られている。中学時代の円形脱毛症も神経衰弱と診断した情緒不安定も、このような文脈で考えられる。

支援態勢

人の気持ちをうまくとらえられず、苦しくなると彼女はこころのなかで「なんとかして！」と絶叫している。これまでの自助努力を評価しながら、なによりも孤独感が癒されるように心理的支援態勢を整えること、さまざまな対人関係場面における対処法を習得すること、職業的自立に向けた準備が求められる。

子のこころ親知らず

母子関係は理性的関係よりも情緒的関係に拠っている。母子関係は子どもが幼ければ幼いほど共生的である。子どもの言動について疑問を感じれば、一心同体となって子どもの悩みに共感する。子どもの自主性を尊重することは大切であるが、情緒的な支えも怠ってはならない。

彼女の母親の関心は子どもの知的発達に向いていたようである。中学生の頃の円形脱毛症も母親に察知されていない。子どもの特徴を知的に理解するとともに、情緒的つながりを強化するような対処が求められる。子育てのパートナーとしての父親の役割も欠くことはできないが、話題になることはなかった。父親は余りにも仕事が忙しかった。

ウマが合わない

同じくカウンセリング講座を受講している母親から、二十歳の娘について相談を受けた。幼い頃から天真爛漫な子どもであった。誰に相手をしてもらっても、嫌がることはなかった。親の姿が見えなくても一人で遊んでいた。子育ては楽であった。育児に困っている母親からは羨ましがられた。

小学校に入ってから、担任からの連絡が多くなった。教師の言葉をよく守るように話し合ってほしいという内容である。授業参観日を知らず恥ずかしい思いをしたこともある。

中学、高校では、時々体調を崩して学校を休んでいた。大学生になっても事情は変わらない。気に入らないことがあると、部屋に閉じこもる。様子を見るため部屋に入ろうとすると、怖い顔をして物を投げつける。コミュニケーションが取れない。

「ウマが合わない」

と、母親は言った。

その理由を尋ねると、「子どもには持って生まれた性格がある」と答える。

「何事も強制できないので、子どもに合わせてきた」

そのような対応にも限界があった。

「なにを考えているのか分からない」

「子どもが好きでなくなった」

そうしていつしか娘との会話が成り立たなくなっていった。

自分が何者か

母親からカウンセリング講座の話を聞き出し講師の所在を確かめた頃、突然、娘が外来に現れた。

これまでの悩みを話してくれた。小学生の頃、運動会の行進の道順が覚えられなくて困った。不器用なため、先生からよく叱られた。運動は好きでなかった。中学生の頃、みんなの考えがよく分からなくて困った。知的障害ではないかと悩んだ。

周りの子のように簡単に友だちもできない。理科や算数は得意だったが、国語は苦手であった。成績にバラつきはあったが、全体として悪くなかった。そのため親には文句を言われなかった。時々、体調を崩して学校を休んだ。

大学生になっても悩みは同じである。

「自分が何者かよく分からない」

「どうして、自分はここに存在しているのだろうか」

そんなことを考えていると、満員電車のなかで気分が悪くなる。吐きそうになるのを我慢する。その息づかいが周りの乗客の迷惑になっているのではないかと不安になる。自分が避けられているように感じる。電車に乗りたくない。

母親に訴えると、

「小さい頃のあなたが好きだが、今のあなたは嫌いだ」

と言われる。

「わたしも嫌いだ」

「お母さんが嫌だったら、どこへでも行ったらよい。あなたが出て行かないのなら、お母さんが出て行こうか」

そうして母親は最後にこう叫ぶ。
「わたしは地獄だ！」

分離不安がない

彼女は中学生の頃から、みんなの考えがよく分からない、友だちも作れないと悩んでいる。はじまりはすでに幼児期に認められる。天真爛漫であり、誰に相手をされても嫌がらず、親がいなくても一人で遊んでいたというエピソードは、自我の発達に重要な分離不安が認められなかったことを意味している。

分離不安とは欲求の対象である母親から引き離される時に見られる、乳幼児の強い不安である。生後八ヶ月前後に見られる「人見知り」は、この不安に基づいている。そのため「八ヶ月不安」とも呼ばれる。子どもは母親を特別な対象とみなして、強い情緒的結びつきを求める。母親以外のいかなる人物に対しても、自分をゆだねようとしない。無理やり離そうとすると泣き叫ぶ。

この時期を過ぎると、母親から離れられて外の世界に関心を向けるようになる。ヨチヨチ歩きの時期である。完全に離れられるわけではないので、母親への後追いを繰り返す。三歳を過ぎると周りの子どもに関心が移り、仲間との交流が本格的にはじまる。

自己診断

次の診察で、彼女は医学書を持参してきた。現在の心身の状態について自己診断する。通学電車のなかで気分が悪くなってから、呼吸困難、頻脈、発熱などの不安発作が続いている。これは不安神経症である。さらに周囲のことも気になるので、被害妄想も認められる。これらの症状は精神病で見られると記載されている。

彼女が自己診断した不安神経症と精神病症状は間違ってはいない。しかし、一番辛いことはそんなことではない。「みんなの考えがよく分からない」「友だちがつくれない」「自分が何者かよく分からない」「どうしてここに存在しているのか」といった対人関係と自己の認知についての深刻な悩みである。それを指摘すると同意してくれる。

診断を求められるので、医学書のなかの「心理的発達の障害」について説明する。それに耳を傾けながら、自分に共通する診断項目があることを認める。

診断項目の確認も大事であるが、自己存在についての不安を抱えながらも、大学生になるまで一人で頑張ってきた経過をなによりも評価する。将来の自立に向けての心理的支援、対人場面における振舞いの習得、適性に応じた職業選択ついて話し合うことを約束した。

母親へのカウンセリング

母親の相談にも乗ることになった。自分について「何事も表現がダイレクトで、感情的ニュアンスがないのです」と述べている。この特徴は娘にも当てはまる。同じような対人関係パターンを有するために母子の交流はすれ違い、衝突してきたのだ。「相手の考えが分からない」という娘の悩みは、母親の悩みでもある。母親へのカウンセリングが母親自身の自己認識への糸口となり、子どもに対しても大きな治療的意味を持つことになった。

他者の原点は母親であり、母親との交流を通して子どもは自己への信頼を獲得し、「どうしてここに存在しているのか」という意味を実感できる。

「地獄とは他人のことだ」

娘との言い争いの末、母親は「地獄だ」と言った。

ジャン＝ポール・サルトルの戯曲『出口なし』のなかで、ガルサンは叫ぶ。

時が来た。ブロンズがここにある。僕はそれを見て地獄にいるのだと悟る。なにもかも計算してあったのだ。奴らは見抜いていたのだ。僕がこの暖炉の前に立って、このブロンズを撫でて、みんなの視線をあびるのだということを、僕を食い尽くすみんなの視線……ふん、二人きりか。もっと沢山だと思っていた。

じゃ、これが地獄なのか。こうだとは思わなかった……二人ともおぼえているだろう。硫黄の匂い、火あぶり台、焼き網……とんだお笑い草だ。焼き網なんかいるものか。地獄とは他人のことだ。

子どもと一緒にいることが地獄だと表現されることほど悲しいことはない。しかし、世の中の出来事を見ると、いかに容易に親子関係が地獄になるかを教えてくれる。子どもの虐待を見ているとオーブンに入れたり、熱湯の風呂に入れたりなど、地獄が展開されている。健全な母子関係を育てるために優先して人的資源、社会資源が投入されねばならない。

望まない出産

高いキャリアを有する母親から息子の相談を受けた。大学に入学後、次第に閉じこもるようになり、幻覚と被害妄想が出現してきた。顔を合わせようとすると自室に引きこもる。一緒に生活している意味がないので入院させてほしいというものであった。

甘えの拒否

入院後、個室での母子の交流を見ているとまるでアカの他人のようである。思春期、青年期の入院では病室を居心地の良いものにするために、身の回りの物を持参するように勧めている。このような提案により入院を納得してくれる場合も多い。病室が大切な愛玩物、テレビ、パソコン、オーディオ、ゲームなどで溢れることもめずらしくない。

このような提案に母親は納得できない表情である。そのため取りあえず入院案内に書いてある必要品だけにする。

面会の度に、子どもの好物や愛用品を持ってくるように提案する。

「今まで必要な物は買い与え、習い事もさせてきました」

こちらの提案の意味が分からないようである。

「まだ甘やかせるのですか！」

「もっと弱い人間になるのではないのですか」

母親の本心の一端が理解できた。精神病になることは弱い人間であり、母親はそれを認めることができないのだ。

このやり取りを聞いていて、彼がボソボソと答えた。

「ベタベタされるのは嫌です」

彼自身も親に要求するのはいけないと考えている。なんとかレクリエーションに参加できるようになったので退院する。しばらくすると、以前と同じ状態になる。

「まだ強い対応をしてはいけないのですか」

母親から投げかけられた質問である。

高学歴でキャリアを持って働く母親が増えてきた。子どもに対して情緒的であるより、論理的に対応しようとする。子どものマイナス面に目を向け、批判的なコメントを繰り返し、強く対応を求める。マイナス面に隠されている子どものプラス面に注意が向けられない。たとえ批判しないといけない出来事に直面しても、子どもの表情、態度、行動をよく観察し、なによりも自分が味方であるというメッセージを送らねばならない。このような交流がうまく機能しない。

自主性を尊重して育てることは大切である。それがあまりに教条的、独善的になると問題を引き起こす。子どもの人格への感情的な関与が不十分になり、子どもは孤独に追いやられる。

ある時、家庭での様子について母親から思いもかけない言葉が飛び出した。

「ゴキブリのように、二階に上がります！」

ゴキブリ

この言葉を聞いて、カフカの『変身』を思い出した。ある朝、青年グレゴール・ザムザがベッドで目覚めると、「毒虫」に変身していた。毒虫のドイツ語 Ungeziefer には、ネズミ、ゴキブリ、ノミなどの意味がある。

ザムザは語る。「父親は自分に対して、ただ最大のきびしさこそふさわしいのだ」。そのため父親と直面すると「父親から逃げ出して、父親が立ちどまると、自分もとどまり、父親が動くと、また急いで前へのがれていった」。そんなザムザに対して、父親はりんごを投げつけて爆撃した。ザムザは動けなくなり、ひからびて死んだ。

カフカは圧倒的な父親とのエディプス・コンプレックスに悩まされていた。この小説は、父親への告発とされている。

カフカには投函されなかった『父への手紙』という作品もある。

あなたの前に出ると、言いよどみ、口ごもる話し方しかできなくなる。それすら、あなたにとっては多すぎる。そこでなお無口になる。こうして最初は多少反抗から、しかしやがて、あなたの前で考えることも話すこともできなくなったため、僕はついに沈黙しました。

しかもこれは、あなたが僕の本来の教育者だったため、僕の人生全般にまで陰りを落としたのでした。

カフカは両親からの自立、職業的自立、愛の出会いをめぐる葛藤のなかで苦悩していた。幸運な家庭では幼児期の体験に生産的な加工がなされるが、否定的な体験が刻印され続けると破綻の危機にひんする。今回の事例では父子関係ではなく、母子関係がテーマとなっているが心理的配置は同じである。

望まない出産

その後、母親から心境を聞くことができた。学生時代から学問による自立を夢見ていた。大学院に進学し、そのまま大学に残って勉強を続けたかった。両親に強く説得され勉強を諦めて、勧められるままに結婚した。夫が外国に留学することになった。外国で勉強を再開できるチャンスが到来したと喜んだ。ところが望まない妊娠をしてしまった。中絶を考えたが、説得されて産むことにした。

学問への道は容易に諦められなかった。その都度「この子さえいなければ」という思いにとらわれた。そこでできるだけ早く育児を終えて、勉強を再開しようと考えた。

そのため子どもにはきびしく自立を求めた。それが甘やかさないことであった。しかし、情操教育を無視しているわけではない。自覚しているからこそ、音楽を習わせ、絵の教室に通わせてきた。それでなにがいけなかったのか。

猟師と勢子

カフカは父親との確執に悩んだが、母親との関係にも触れている。母親について、「限りなくやさしかったのは事実である」が「すべて父親と関係づけられていたため、結局は良好な関係にあるとは言えませんでした」と告白している。母親が無意識のうちに「狩りにおける勢子の役割」を果たしたからである。やさしかった母親も告発されている。

この青年は母親との関係に苦しんでいるが、父親も無関係ではない。父親はカフカの母親のようにやさしくて理解があった。しかし、子どもの養育をすべて母親に任せており、カフカに倣うならばすべて母親と関係づけられる存在であった。

母親の病理の背後には、勢子の役割をする父親が隠されており、父親の病理の背後には同じく勢子の役割をする母親が隠されている。このような病理に出会うことは日常臨床においてめずらしいことではない。

しかし、猟師と勢子の役割に固定されていては狩りはできても、子育てには無理がある。猟師と勢子の役割が共有される必要がある。

母親との闘い

どのように母親との関係を保つかは、万人共通の問題である。子どもにとっては、父親以上に、母親との関係は乗り越え困難な課題である。ロロ・メイはギリシャ神話のオレステスの悲劇を取り上げて、母親との闘いにおける精神療法的意義を述べている。

オレステスはトロイ戦役に出征中の父親アガメムノンを母親クリタイムネストラによって殺害されたのみならず、自身も国外に追放され、妹のエレクトラも奴隷の地位に置かれた。オレステスは成人すると、母親を殺すべくミケーネに戻ってくる。

剣を抜いた息子を見て、母親は父親を非難することで息子の憐れみを乞おうとする。「わたしの運命は過酷だった」と言いながら、「わたしの呪われた運命は決してその手をゆるめない。それはお前を生んだ呪いだ」と脅かそうとする。

それも通じないと、母親はオレステスを偽りの抱擁、キスで迷わそうとする。すると、突然、オレステスは剣を落として、「自分には抵抗できない。力が抜けてしまった」と倒れ込んでしまった。

メイによれば、このような場面は精神療法でよく見られる。支配的な母親との闘いによる子どもの潜在力喪失である。結局、オレステスはそれが母親の愛などではなくて、自分の支配下に置こうとする戦略だと悟り、母親を殺害する。その後、自責の念から狂気に陥る。アテネの法廷での審判は賛否同数となる。

たとえ親殺しにせよかかる憎むべき親への絆から自由にならなければならないと、最後に女神アテナが白票を投じることによりオレステスは許された。

妻の妊娠、夫の悪阻《つわり》

外来診察中、産婦人科から呼び出しを受けた。早期破水を起こした妻に付き添っている夫の様子がおかしい。分娩室の前をウロウロしながら、全身を緊張させて小刻みに震えている。看護師が落ち着かせていたが、そのうちに問いかけにも応答しなくなった。意識もうろう状態であるが、置かれている状況についての質問にはゆっくりと正しく答える。

「もうすぐ赤ん坊が生まれるよ。大丈夫だ」

このように話しかけると、「ウン、ウン」とゆっくりとうなずく。

出産が終わる頃、意識がはっきりしてきた。妻から話を聞くと、第一子出産の時も、妻の悪阻の時期に胃の圧迫感、胃痛、吐気、下痢などの消化器症状を訴えていた。

クヴァード症候群

妻の妊娠中に夫が示す悪阻様の症状は擬娩症候群あるいはクヴァード症候群と呼ばれる。妻の妊娠三ヶ月頃からはじまるが、分娩の直前になって現れることもある。出産が終わると症状が消失する。そのため出産の危険に対する不安から生じるとされる。

クヴァードとはフランス語で「卵を抱く、または雛を孵《かえ》す」という意味である。この症候群は風習としても世界中でおこなわれており、人類学者に注目されてきた。例えば、父親になるべき人が分娩時に床について、断食する、食事を控える、陣痛を真似て産婦にされるような手当てを受ける。すでに紀元前六〇年のコルシカ島で、出産時、夫が床につき一定の日数、産褥《さんじょく》の状態になることが知られている。

依存的な男性

クヴァード症候群にどのような男性の心理が働いているのかについて

はいくつかの説がある。妊娠した妻の健康状態を心配するあまり、妻への意識的、無意識的な同一化を強めて、同じ不快感を引き受けようとする夫の心理が考えられる。夫婦の深い感情的結びつきを証明するかのようである。

妊娠を模倣するかのような夫の心理には、無意識に自分の母親への同一化が隠されているという説もある。このような夫婦関係は対等の関係ではなく、夫は妻のなかに母親のイメージを求めている。夫婦関係に夫の依存的な母子関係が持ち込まれている。出産後、妻の関心が子どもに向けられる結果、子どもに嫉妬することもめずらしくない。ひどくなると幼児虐待につながる。

子どもが生まれる前は男らしく振る舞っているように見えても、病的な依存性が隠されていることもある。妻の妊娠、出産という出来事に対して、一人前の男性として振る舞うことができない。子どもの誕生を前にして自己中心的になり、思春期の男子に戻ったように性的衝動に左右されセックスのとりこになる。妻の妊娠中あるいは子育て期間中の夫の浮気である。

性愛と多彩な身体症状

多彩な身体愁訴にもかかわらず、いくら医学的な検査をしても原因が見出されない病態がある。こころの問題が関与していると推測されるが、それを指摘すると激しく抵抗される。

医者と患者の見解は食い違い、患者は医療に不審を抱いて医者巡り、ドクターショッピングをはじめる。心気神経症、心気症、疾病恐怖などと診断されてきたが、現在は身体症状症と呼ばれる。「病気であること」「患者であること」に日々の営みのすべてを賭けている。

夫婦関係への関心

　ある年配の女性が内科から紹介されてきた。あちこちの診療科を回ったがどこにも異常は見つからず、再び内科に戻されてきたが所見がないのでよろしく、という内容であった。神経質そうな夫人である。

　三年前、マイホームを建てた頃から不調が続いている。めまい、耳鳴りが強く、耳鼻科で検査を受けたが異常はない。別の医院を受診したら薬を勧められた。服用すると胃の具合がおかしくなった。医者に副作用ではないかと質問したら言下に否定された。内科を受診したら慢性胃炎と診断された。手足の先がしびれてきたため怖くなり、神経内科を受診したが異常を指摘されない。不眠症になった。イライラしていたらパニックになり、救急車の世話になった。緊急検査で異常はなかった。

　診察の大部分は身体の症状、医療への不満で占められていた。それをテープレコーダーのように繰り返していた。その合間に人生の出来事について尋ねると、なにの役にたつのかと怪訝な顔をしながらポツリポツリと話し出した。

　夫は気難しい人で顔色を見ながら、生活のやりくりをしてきた。子どもは自分が責任を持って教育した。子どもの育児に忙しかった頃、夫が浮気した。絶対、許さないと思った。離婚も考えたが子どもがいたので我慢した。夫の退職を契機に小さな家を持つことにした。気難しい夫との二人きりの生活に不安があった。子どもの世話にはなりたくなかった。夫は糖尿病を患っている。辛抱強く耳を傾けていると「愚痴っぽくなってすみません」と、こちらを思い遣る言動も見せるようになった。

ある日、診察室で若い女性が興奮してヒステリー発作を起こした。付き添っている夫を激しく責める様子が、彼女のいる待合室にまで筒抜けである。夫は女性に謝りながら根気よく対応していた。彼女の順番になると、診察室に入るや否やいつもの身体症状を訴えることを忘れたかのように、若い女性の夫婦関係について執拗に質問してくる。

またある日、同年代のうつ病の女性が夫の肩に身を寄せながら、待合室に座っているのを目撃した。やはり診察室に入るや否や「主人とはえらい違いです」「今までわたしのことをいたわってくれたことなど、ただの一度もありません」と興奮している。

性的欲求不満

これらの出来事をきっかけに夫婦関係の話になった。過去の夫の浮気が鮮明に思い出される。怒りが昂じると、抑えられない。それと関連するかのように産後の一時期に悩まされたという痔が再発した。外科から座薬と軟膏を処方された。毎日、肛門のあたりに塗っていると、「前の方もおかしくなった」。性器の感覚がおかしくなり、焼けつくような感じがする。性欲を抑えることができない。それまでの神経質な態度は一変し、娘のような恥じらいを見せる。夫の糖尿病のために、長く性生活もなかった。

膀胱鏡検査

独身の年配の女性が「診療科をたらい回しにされ、ここに来ました」と、自嘲気味に呟きながら現れた。

コーラスに熱中しすぎて喉を酷使した。痛みを感じて耳鼻咽喉科を受診したら、喉に炎症があると言われた。所見はなくなったと説明されたが喉の不快感はなくならない。口の中まで変になり、刺激物が食べられなくなった。口腔科では異常は見つからない。疲労感のため別の総合病院を受診したら膠原《こうげん》病の疑いを指摘された。精密検査では異常はなかった。

目が痛くなった。膠原病が目に来たのかと眼科を受診したら、一笑された。胃痛を訴えて外科を受診した。食堂裂孔ヘルニアを疑われた。内視鏡検査では異常なかった。

胸苦しさがあり心電図検査を受けたが異常はない。

話を聞いているうちに、日記をつけていることが分かった。病状経過を教えてもらうために持参してもらい拝見する。十数年間にわたる通院の経過が克明に記録されている。そこには口に出していないある症状が書かれていた。

若い頃、何回か膀胱炎にかかった。それ以後、少しでも違和感があると泌尿器科に通い、膀胱鏡検査を受けてきた。主治医が尊敬できるので、嫌な膀胱鏡検査も受けられると口にする。その所作からは主治医への恋愛感情が読み取れる。

「膀胱炎は、一生の友だちと思って付き合いなさい」

この助言を忠実に守ってきたと話すが、一生付き合いたいのはその主治医であることは明白である。

性的衝動

精神分析中に不安が生じて、消化器や泌尿生殖器に症状が見られることはまれではない。快感と不快感の交じり合ったものから、エクスタシーに至るもの、自慰の意味を持つものまでさまざまである。こころの働きと性の領域は密接に関係している。

最初の女性は座薬を処方されたことをきっかけに、自慰類似行為からはじまり、自慰行為そのものが引き出された。次の女性は嫌だと言いながらもマゾヒスティックに膀胱鏡検査を受けている。その背後には好意を抱いている男性への露出衝動が隠されている。

男の欲望、女の欲望

シュザンヌ・リラールは男性的愛は分かちあうことに関係しており、その分かち合いがしばしば金銭的愛、週末や休暇の愛、官能的、情熱的、感傷的な冒険、習慣あるいは威信に基づく結びつき、理想主義的な愛、夫婦の結びつきに現れるのに対して、女性の愛の理想はただ一人の男性と一緒に、しかも完全に一致して生活することを願うものだと述べている。

最初の女性の夫婦関係は、このような男女の愛の欲望の違いから生じたものと思われる。次の女性の場合も結ばれることはないが、理想的な男性との愛の幻想を倒錯した行為を通じて抱いたものであろう。高齢になっても性愛への願望があるのは当然であり、それが喜びともなるが、夫婦間のトラブルの原因にもなる。

愛とナルシシズム

ここで取り上げた女性たちはいずれも自己の身体の状態を客観的に眺めるゆとりがない。個々の症状にのみ関わり、それを確認することに没頭してきた。「病気であること」に、日々の営みのすべてを賭けてきた。彼女たちにとって、外部の出来事は自分にとって有益かどうかによってのみ判断されている。

エーリッヒ・フロムは愛が成熟する条件としてナルシシズムの克服を挙げている。ナルシシズム的方向づけとは、自分自身のなかに存在するもののみを現実として経験することである。外部の世界に起こっている出来事はその人自身のなかでは少しも現実性を持たず、自分にとって有益か危険かという見地からのみ判断しようとする。ナルシシズムにおいては物事をありのままに見て理解する機能が欠けている。

愛は欺瞞か

愛におけるナルシシズムの克服は可能なのだろうか。

サルトルによれば愛は本質的に一つの欺瞞であり、一つの無限指向である。「愛する」とは「相手から愛されたいと思うこと」であり、「相手が愛されたいと思うようになってもらいたいと思うこと」である。この欺瞞についての存在論以前的な一つの了解が愛の衝動のうちに与えられている。恋人が絶えず感じる不満足はそこからくる。

愛が絶対的な帰趨軸、すなわち純粋な愛、絶対的な愛、一緒に生きるという性格を保つためには、二人きりで世界に存在しなければならない。しかし、愛は他者によって絶えず相対化させられるような体験でもある。二人きりになれたと思った瞬間、相対化させられ、そこに自己欺瞞が生じる。愛は常に挫折と隣り合わせである。

愛の本質は自己欺瞞であり、永遠に挫折を繰り返す運命にあるというサルトルの考えは否定できないと言えよう。

性と実存の相互浸透

メルロ＝ポンティはこの自己欺瞞を取り上げ、そこには心理学的な猫かぶりと形而上的な猫かぶりがあると主張する。心理学的猫かぶりとは自分が知っている思想を他の人に隠すことによって欺くことである。これに対して、形而上学的猫かぶりにおいては一般性という手段で自分自身を欺くものである。これは誠実な人にも見られ、人間の条件の一部をなしている。

メルロ＝ポンティは性と実存の間には「相互浸透」があると主張する。性は一つの雰囲気として現前しており、世界を知覚する霧のようなものである。それなくしては二人の関係は尽きることのない闘争になるであろう。

精神療法の立場

サルトルの主張するように愛の本質は欺瞞であり、愛し合おうとする二人の実存は永遠に挫折を繰り返す運命にあると考えるのか、それともメルロ＝ポンティの主張するようにそれは人間の条件の一部であり、性と実存のあいだには相互浸透が存在することを認めるのか、人さまざまであろう。

しかし、精神療法の立場からはルートウィヒ・ビンスワンガーが主張するように、人間存在とは人間関係的であり、共同人間的、共同世界的存在であるということ、二人の人間が存在する領域においては、互いに向かい合っており、何らかの仕方で世界に差し向けられており、何らかの仕方で「互いに関わりあっている」という根本的特徴から出発する。

精神療法の目的は、ヘラクレイトスの言うイディオス・コスモス（自己の世界）、つまり自己の肉体、自己の夢、自己の個人的性癖、自己の高慢と慢心といったもののうちにのみ生きることからひとを解放し、コイノス・コスモス（共通の世界）、真のコイノイアすなわち共同世界の生活へ参加しうるように、ひとを解放することにある。ビンスワンガーはマルティン・ハイデッガーの「世界－内－存在」に対比して「愛としての世界－超越－存在」を主張する。愛は人間存在の基本的な本質に属する。

地球が衝突する

夕方、診察終了間際、ある男性が家族に付き添われてやってきた。緊張感から全身を震わせており、家族から一時的にでも落ち着かせてほしいと懇願される。時計を気にしながらも、話を聞くことにする。悩みは壮大で宇宙的である。一週間後に、地球が冥王星に衝突するというのだ。

「カルマの法則により、地球は地獄となり、二万度の温度で焼かれる！」

わたしの日常意識は吹き飛ばされてしまった。この世の終末の告知である。真剣に耳を傾ける。しかし、終末期の思想にとらわれているにもかかわらず錯乱しているわけではない。恐ろしい予知内容であるが、なんとか精神の安定を保っているギャップが不思議に感じられた。

「わたしはキリストである！」

それで納得できた。彼は救世主なのだ。

「地球が焦熱地獄に襲われた後、父なる神によって蘇ることを約束されている」

事はそれで終わらなかった。そう言い終わるや否や、突然、診察室の床の上を這い回りはじめた。苦悩の表情になり、なにかを背負っている様子である。

ゴルゴダの丘

そうだ。彼は十字架を背負いながらゴルゴダの丘を登っているのだ。騒ぎに気づいて駆けつけたスタッフに懇願する。

「唾を吐きかけてくれ！」

「パン屑を投げてくれ！」

一瞬ひるんだが、咄嗟の判断でドラマを共演することにした。

唾を吐きかける真似をすると、身体を捩らせながら屈辱に耐えようとする。パンを投げる仕草をすると、少し微笑みながら必死に口で受けようとする。丘を登り終わると、エネルギーを使い果たしたかのように大きなため息をついた。

ドラマが終わると、当初の緊張感は消失し、全身の震えもおさまり、嘘のように平静に戻った。そこで睡眠薬のみを処方して一週間後の診察予約をした。

妻の話によれば、子どもの病弱に悩み、将来に強い不安を抱き、自室に引きこもって聖書の物語に没頭していた。

秘密のノート

一週間後の予約であったが、二日後に突然、電話を掛けてきて、わたしに診察を求めた。診察の際、書き綴っていたという「秘密のノート」を持参した。表紙に「死出のはなむけ」と書かれていた。

開くと、宇宙の姿が描かれている。地球は不動明王であり、それがすべての惑星の中心である。その周囲を太陽、金星、水星、火星、木星、土星、天王星、冥王星が回っている。一番外側の輪には新星が回っている。小さく描かれた「太陽」には、「彼自身」の名前が当てられ、「金星」には「妻」の名前、「水星」には「病弱な子ども」の名前が当てられていた。

そして「新星」には「わたし」の名前が書き込まれている。それにはコメントがあり、新星は新しい創造主の家族の一員として、水星の位置に、つまり病弱な子どもの位置に移ると記されていた。ドラマを共演するなかで、確かに「子どもの相談に乗る」と繰り返していた。

さらに驚いたことに、共演した体験がノートに克明に書かれていた。

ゴルゴダの丘の途中で、お会いしましたね。あなたは衛兵が止めるのもきかずに、「キリストさま、どうかお食べください」と、パンをくれましたね。わたしは処刑されましたが、このうえない幸福感で一杯でした。本当にありがとう。

ベネデッティは統合失調症の精神療法について述べている。病者の症状をただ客観的に眺めるだけではいかなる変化ももたらされない。引き裂かれた世界に自ら飛び込み共演することによって劇的に展開し、対話的関係が可能になると。

患者と主治医が入れ替わる

これで一件落着かと思っていたら、一週間後、さらに別のノートを持参した。それに目を通した途端、わたしはアッと叫んだ。

あの日の診察の最後の患者は、奇妙な人でしたが、どこも異常はなく、礼儀正しくて理路整然としていて、わたしが今まで見た患者のなかで、最も不思議な人でした。家族をみんな連れてきて、「自分がキリストだ」と、信じられないような内容の話をはじめました。

わたしはあまりのことに圧倒されて、ただただ彼の話に聞き入るだけでした。それから睡眠薬を処方して、一週間後に来るようにと予約しました。

これは初診当日の彼に対するわたしの印象の全てではないか。わたしと彼は入れ替わっていたのだ。さらにノートは続く。

二日後、わたしが朝、最初の患者のカルテに目を通そうとしていると、電話がありました。例の患者からのものでした。突然で申し訳ないですが、どうしても話を聞いてほしい、予約なしで診てほしいと訴えてくる。

診察に来た際には、別のノートを持ってきました。家族が一緒だったので、ノートにはサッと目を通すだけにして、「異常ではない、少し疲れがたまっているだけだ」と説明して、とにかく安心させました。約束の睡眠薬を飲んでなかったので、そのことを注意すると、「先生、申しわけありませんでした。必ず明日から飲みます」といって、わたしに深く謝りました。

これも二日後、突然、彼が診察に訪れた時のわたしの言動の全てではないか。

転嫁症と自他混同化

ここで生じているのは転嫁症と自他混同化である。オイゲン・ブロイラーによれば、転嫁症とは自らの人格の一部がそこから離れ落ちて他者の人格に結びつくことであり、自他混同化とは他者の人格の一部が自らの人格に取り込まれることである。

これらの現象はそれぞれ単独でも見られるが、他者に転嫁されたものが再び自らの人格に取り込まれることもめずらしくない。こうして他者が経験していることを自分の経験として取り込むことができる。共感的関係が存在してはじめて成立する。

即興劇

ヤコブ・レヴィ・モレノの「分析的心理劇」を紹介するなかで、ディディエ・アンジューは即興劇についてのあるエピソードを紹介している。

ツアラツーストラを演じる俳優が舞台に現れた時、モレノは、そこに本当のツアラツーストラがいると思い込んで、舞台に飛び上がった。相手が単なる俳優でしかないことを知って失望したモレノは、俳優に脚本上のマスクを捨てさせた。一方、舞台にいた俳優の一人は本当のツアラツーストラが観客として見ていて、自分が漫画化されるのに耐えられず、舞台に飛び上がってきたのだと思い込んだ。笑いが爆発し、その場は自発性による自由な劇として解放されたのであった。

即興劇は俳優が十分な自発性を持ち、十分に訓練されていなければ成立しない。俳優は、創造的であると同時に、他人の創造を受け入れる力がなければならない。

モレノは次のように述べている。「現実生活における空想は、空想世界における現実と同じくらいに重要である」と。

これは精神療法家に求められる資質でもあろう。

格言めいた言葉

彼のノートの末尾には、意味深い言葉が添えられていた。

人智を越えたところに、宇宙の摂理がある。
人智のかぎりを尽くせ！　そして神に祈れ！

人間のこころの奥底に、邪悪な魂がひそむ。
人間には気をつけろ！

氷が解け水になり、水が蒸発して空気になる。
物質はこのように形は変わるが、本質的なエネルギーは同じである。
人の魂もこれと同じである。

病理の創造的側面

ベネデッティは患者に寄り添い、人間の運命について耳を傾けていると苦悩の因果律的根柢の傍らに、折に触れて創造的次元を発見すると述べている。このような観察は自らの精神的苦悩を治癒あるいは芸術的創造の意味において天才的に克服しようとした患者たち、たとえばゴッホのような患者たちにおいてのみならず、目立たない経過をたどる患者たちにおいても妥当する。

そこに表現されている驚くべき実存の象徴、不安、恐怖、孤独に触れて感動し、それが患者に伝えられることにより、単なる治療関係を超えたこころの交流が可能となる。治療者、患者関係という枠組みを超えて人間の苦悩についての連帯感が生まれる。

病者によるカルテの記入

長年、奇妙な身体の不調を訴えている年配の男性との交流である。彼の訴えの一部は次のようなものだ。

「肩のところブラブラしています。すごい波があります。今朝までは良かったのですが、昼から硬いゴリゴリしたものが乗っています。鳥のアラが浮いているみたいです。ボーリングのピンのようになっています。捻じれたようになって、引っ張って、引きつるようになっています。身体を動かせと言われますが、そうしたらダランとしてしまい身体がバラバラになる」

このような身体の奇妙な訴えは体感幻覚と呼ばれる。これを精神症状などと本人を説得しようものなら、きびしい視線を向けられる。
「信じてくれないのですか！」

物事には善悪二つ

彼は義父に邪魔者扱いされてきたと強い不信感を抱いている。「億の金を取るつもりです。病気にさせられて。金を出さなかったら訴えるつもりです」。父親は悪いグループの人間に属している。

「物事には二つしかありません。悪いグループか、良いグループに属しているか」

こころを支配している原則は二分法である。病者に合わせていると、こちらは良いグループにおられる。人間をグッドとバッドに二分割すると人間関係は極端なものになる。彼を説得したり、反省を促そうとしたり、苦言を呈しようものなら、その瞬間、悪いグループの人間となる。根負けして、彼に合わせていると、こちらは良い人間になる。こうして対人関係は猫の目のようにクルクルと変化する。

温かさのなかにあるきびしさ、きびしさのなかにある思いやりを、うまく理解することができない。そのため他者を信頼するこころが育まれない。亡き母親からも、継母からも温かく受け入れられなかった体験が関係している。

二分割法への対応はさて置き、訴えを根気よく聞いていると、こちらが要求していないのに几帳面に四角に切った小さなメモを持参するようになった。いつも身体症状を聞くので、気を利かせてくれたのだ。対人交流が少し進んだことを実感する。メモ通りにカルテに記入する。

突然、きびしい質問を投げかけてくる。

「カルテには、医者が都合のよいことを書き込むのと違いますか！」

メモ通りに忠実に記載しているので、一瞬、虚をつかれた。すると、こちらの気持ちを先取りしたかのようにフォローしてくれる。

「先生は大丈夫と思いますが、これまでの医者にはあることないことを記入されて、ひど目に遭いました」

その機会をとらえて、彼の目の前にカルテを差し出し、ボールペンを手渡して、自分の症状について書き込むように勧めた。勿論「症状以外に、なにを書いても構わない」とつけ加えた。

「カルテに書くのは医者の仕事でしょう。そんなことできません」

最初は戸惑っている様子で何回か辞退した。それでも勧めていると、カルテを手に取り過去のページを読みはじめた。わたしは以前から原則として外国語を使用せず、患者の訴えを日本語で書いているので、内容について質問されることはなかった。以前の主治医が記載したドイツ語の専門用語についてはその意味を一々質問してきた。特に幻覚、妄想、病識欠如、統合失調症などの専門用語については、こちらの話もまともに聞かないで医者の勝手な判断だと怒ってきた。

「それだったら、なおのこと自分で書いたら」

「本当にカルテに書いてよいのですね」

以後、メモを取り出してカルテに丁寧に記入しはじめた。熱中してくるとカルテ二頁にもまたがる。その内容のごく一部である。

××日：五時半ごろ目覚める。午前中ほとんど寝ころび、また昼十二時半前、少し寝ころぶ。それからまた起き出す。午後二時五十分ごろ、中心神経の首の中ごろの少し残ったのが、くずれて取れてしまった。

××日：もう薬なしでもなおるところまできたように思う。午前九時十一分、便通一回、神経の細胞の端の方から出た便通だった。午前十一時三十五分から午後十二時三十五分まで寝ころぶ。午後十二時五十五分、首の後ろでポキッと折れる。

××日：朝七時四十四分、肛門のあたりの神経がほぐれてくる。投薬後、脳の奥の方に白く感じる丸いものが出てきた。

××日：夕方七時、みつ豆を食べると、それが病巣の古傷に触る。七時半ごろから、寝ころぶ。そして古傷に触れてからガサガサっと崩れた。［土曜日］午後一時ごろから二時ごろまで寝る。新しく生き返ったようだった。

××日：肩はこんなもので、大体よろしいです。ありがとうございました。完全までもうちょっとと思いますが、ありがとうございました。

年余を経て、「よろしい」と書かなくなった。それと並行するように、奇妙な内容に変わりはないが以前のように執拗に質問することはなくなった。

役割交換

書き手の変更は主体の変更でもある。医者は治療する立場の人間である。単にカルテに症状を記載するのみならず治療についての方策を考える。この主体が病者の側に移動した。病者が自身の症状についてメモ用紙を見ながら記載している間は、たとえ短い時間であっても自分自身を観察し治療するという立場に立つ。症状が改善した要因として役割交代による自助努力が挙げられる。

ペンネーム

しかし、これで一安心ではない。内科で悪性疾患の疑いを指摘されて精密検査が必要になった。内科医がいくら検査の必要性を説明しても同意しない。わたしは良いグループの人間に分類されているが、内科医は信用できないグループに属している。内科医と一緒に説得すると、わたしとの関係も危うくなる。

「あなたも、内科の医者と一蓮托生ですか！」

それまで「先生」と呼んでいてくれたが、途端に「あなた」に格下げされる。

これまでの付き合いを回想しながらなんとか説得する。不承不承ながらインフォームドコンセントの書類を受け取る。

しかし、いざ署名する段になると再び拒否する。

「ペンネームでもよいですか」

この提案にも戸惑ったが、本人であることは間違いないので同意する。

「ゴリラ」

このように署名した。本名での証拠を残さないためである。不信感は強い。

目による交流

いよいよ検査当日である。

「先生は、本当に大丈夫ですか」

わたしが悪いグループの人間になったのではないかという不安は続いている。

スタッフに声をかけられ、わたしはそちらに目をそらした。

「目をそらした！」

「先生は、別人になったのですか！」

血相を変えて怒る剣幕に圧倒されたが、その瞬間を捉えて反論した。

「別人になったのは、あなたではないのか？　わたしは少しも変わっていない」

すると急に表情をやわらげて、いつもの様子に戻った。

「先生、そんな怖い顔をしないでください。一瞬、先生が変わったと思った。ぼくの代わりに内科の医者をよく見張っていてください」

目と目を合わせるのは対人関係の基本である。目を合わせることは相手の姿を見ると同時に、相手の瞳のなかに自分の姿を見ることである。相手もこちらの姿を見ると同時に、こちらの瞳のなかに自分の姿を見る。他者のなかに自己が入り込むと同時に、自己のなかに他者が入り込む。自己は他者に取り込まれ、他者は自分を取り込む。

わたしが視線をそらした瞬間、自他の交流が中断し、それまで積み上げられてきた情緒的交流も危機にさらされた。グッドとバッドの二分割による対人関係パターンがよみがえり、「わたしが別人になった」。その瞬間を捉えて「別人になったのは君だ」と反論した。鏡に映るようにシンメトリカルに反応した。

シンメトリー体験

ベネデッティによると精神療法が進展するためには、シンメトリー体験は欠かすことができない。彼と出会った時、二人の間の隔たりは大きかった。シンメトリカルな部分はほとんどなく、非シンメトリーが支配していた。それが自他混同化と転嫁症を通じて二人の体験は近づく。自他混同的に、理性によっては通じ得ないものが理解できるようになる。病者の立場に身を移すことにより、「共人間的シンメトリー」感情が呼び覚まされる。

これはしばしば意識的関与なしに、単純に病者に対する精神療法家の興味および患者との感情的接触によって生じるとベネデッティは述べている。ここで体験したことは非シンメトリカルな関係からシンメトリカルな関係に移る過程の出来事であった。

治療者の同一性

非シンメトリカルからシンメトリカルな関係への進展は必須の条件であるが、危険を秘めたものでもある。ベネデッティは警告する。「治療者と病者が相互に影響を及ぼし合ういかなる精神の領域においても、治療者は自己の同一性を見失ってはならない」と。

自己の同一性を失うとどうなるか。チェーホフの短編小説『六号室』はそのことを示唆している。

精神科の医者であるアンドレイ・エフィームィチは、長年、田舎の精神病院で働いているが、次第に診察に興味がなくなり、読書に浸る孤独な生活を続けていた。そんな時、一人の患者に興味を抱く。その患者は警官や見知らぬ人がわざと笑顔を浮かべ、なに食わぬ顔をして、自分を探っているという観念のために、絶望と恐怖に身をゆだねていた。しかし、哲学的な話し合いもできるため、エフィームィチは「この町に住むようになってから、はじめて共に語るに足る相手に出会ったみたいだ。あの男は立派な判断力を持っているし、本当に必要なことに興味を感じている」と感じる。

患者の六号室に通いながら辺りが暗闇に覆われるまで、患者の話を聞いて深い感銘を受けているうちに、エフィームィチ自身が周囲になんとなく秘密めいた気配を感じはじめる。職員や看護婦たちと出会うと、自分を不思議そうに見つめ、小声でささやき合っている。

やがて役所に呼び出され、質問される。それは精神鑑定のための委員会だった。強制的に取らされた旅行休暇から帰ると、事態はさらに悪化している。自分のポストは別の医者に取って代わられている。同僚から立会診察をしてほしいと依頼を受けて病棟に行くと、無理やり患者の服を着るように指示される。そこで例の患者と顔を合わせることになる。

「ようこそおいでなすった。今まであなたは他人の血を吸っておられたが、今度はあなたが吸われるのですな。こいつはすばらしいや！」

エフィームィチはまもなく卒中の発作で死ぬ。

ともに歩む

ベネデッティは伴侶する者の言葉によってではなく、行動によってはじめて到達できる領域があると述べる。どのような混乱した状態にあっても、病者と行動をともにしながら歩むことにより「劇的」な展開が可能になる。

言葉を獲得する以前の発達段階において人間は行動する存在であった。いや、母親のおなかにいた時も上下反対の位置をとりながら、絶えず身体を動かしていた。誕生してからも母親と一緒に行動することにより、母子関係は大きく発展する。

彼とはこれまでも一緒に出かけていたが、より積極的に行動をともにすることにした。ファミリーレストランで一緒に食事をし、安売り店で身の回りの品を買物した。

彼がズボンを選んでいる時、店員から声をかけられた。

「お父さんによく似合いますよ」

親子ほどの年齢差はないが、わたしよりは年老いて見える。

「親子に間違えられたね」

二人で笑った。

夢の架け橋

半世紀も前の話である。精神科医を目指していた頃、ある男性に出会った。夢は世界一の「夢の架け橋」を建設することである。

当時、高度経済成長の波に乗り、オリンピックや新幹線建設といった巨大プロジェクトが進行中であった。「日本列島改造論」ブームに国民は熱にうかされたようになっていた。マスコミも「建設の時代」ともてはやし、大型開発計画が目白押しであった。

そんな中、夢の架け橋と呼ばれた「本四連絡橋」の設計案が全国紙に大々的に発表された。男性はそれから十余年にわたり、その「夢の架け橋」の実現を目指して奔走する。自宅に青空放送局を作り、架け橋建設を宣伝するための歌謡曲を作った。上京して音楽会社に売り込みに行く。「夢の架け橋」の計画はさらに誇大化し、日本中に高層の宮殿式アパートを作り、世界中から人々を集めるという計画に発展する。公の機関に陳情に出かける。そこで摩擦を引き起こして統合失調症と診断された。

狂気と文化

ミッシェル・フーコーは「狂気とは一つの文化が自己を拒絶する諸現象のなかで、自己をポジティブに表現する動きである」と述べている。この病を支える決定因子は自己の世界に魅入られた一つの意識の魔術的な因果律ではなく、ある世界がいろいろな矛盾を生んでおきながら、自分ではこれらに対する解決方法を提供できないという事態による現実の因果律なのである。

環境汚染

オリンピックや新幹線建設といった巨大プロジェクトが進行するなかで、負の側面も露わになる。それはまさに世界が矛盾を生んでおきながら解決方法を提供できないという現実の因果律である。高度成長の影の部分を政府も無視できなくなり、昭和四十七年の『環境白書』で取り上げている。

環境汚染は経済の発展、人類の進歩の陰に隠れた必要悪であるといった意識から、それは国民共通の財産である環境資源を食いつぶしていることであり、もしこれを克服することができなければ、人類は自分の運命のみならず、地球上に住むすべての生物の運命までも危機に落とし入れるのではないかという認識への転換であります。

今日の福島第一原発の未曾有の事故を考える時、この指摘は現在も価値を有している。それにしても半世紀の間、わたしたちの認識が全く変化していないのは驚きである。

大工の仕事

当時、病院では作業小屋を作る計画があった。大工の経験があるということで任せることにした。簡単な設計図を書き上げ、大工の棟梁のように捩り鉢巻をして指揮した。小屋が完成するにつれて、態度は尊大になっていく。「夢の架け橋」の議論が活発になる。

その一方で、奇妙な行動が目についた。三十センチ四方の木箱を作り、そのなかに砂を入れて触っていたのだ。説明はこうであった。

山や川や、田や畑は大事なものです。石や木や、その他の自然にあるものには、すべて魂が宿っているからです。魂は神さまと一緒です。神さまは本当におられるのです。砂や砂利にも魂が宿っています。それを手ですくって積みかえると、死んだ後でも迷わずに自分の触った世界へ行けるのです。そうでないと、どこへ行ったらよいのか、みんな迷ってしまいます。

自然に存在するすべてのものには神さまが宿っていると信じているのだ。職員にも同じ行為を要求する。この出来事があってから、「夢の架け橋」のことをあまり話題にしなくなった。

この砂の入った木箱は箱庭療法を思い出させる。砂は、箱庭にとって一番大事なものである。砂は、すべての心的イメージを可能にする。木箱に入っているのは砂だけであるが、こころのなかでは自然に存在するすべての連想につながる。それは魂と神さまという霊的存在にまで及んでいる。手作りの木箱によるこのような儀式により、精神症状の改善がもたらされたとするならば、箱庭療法で指摘されている自己治癒効果なのであろう。

アニミズム的心性

自然に存在するすべてのものに魂が宿っている、神さまがおられるという体験は、太古的アニミズム的心性である。それは死後の世界にも及んでいる。手で砂をすくって積みかえることにより、迷わず自分の触った世界に行けるという。

居合わせた人たちが体験を共有することにより、孤独な戦いの世界は変化した。「夢の架け橋」に取りつかれた背後には深い孤独があった。

木箱には、次のような言葉が添えられていた。

空気さま
引力さま
自然の現象さま
ありがとうございます

目に見えるものさま
目に見えないものさま

感じるものさま
感じないものさま

あらゆるものさま
たいへんご苦労さまです
たいへんありがとうございます

科学技術の進歩を軽視することはできない。しかし、「夢の架け橋」を取り上げる時、「技術への問い」を抜きに議論することはできない。近代技術とは何であろうか。それは人間の本質と深く関わっている。ハイデッガーよれば、近代技術の本質とは「露わに発《あば》く」在り方にある。

近代技術の本質とは、「現存していないものから、現存するものへと誘い出しつつ、それに責めを負う」という「出で来たらし」として展開されるのではなく、それとはまったく対照的に、「自然に向かって、エネルギーを供給すべく要求を押し立てる挑発」として展開されるというのだ。つまり、自然のなかに隠されているエネルギーが開発され、開発されたものが変形され、変形されたものが貯蔵され、貯蔵されたものが分配され、分配されたものが新たに転換される。その結果、開発、変形、貯蔵、分配、転換という、「露わに発く」技術の在り方は際限なく推し進められる。

しかも、技術の進歩は新しいものを次々に作り出すが、その結果に対して「責めを負わない」。自然を挑発してエネルギーを取り出し、交換し、分配することを繰り返すが、結果に対しては、一切責任を取ろうとはしない。

大工の本質とは「露わに発く」性格そのものである。「発露の命運はそれ自体、いかなる仕方においても、必然的に危険を有している」のだ。その結果、本当の緊迫は「人間をその本性のなかで襲ってくる」。ここに技術の挑発的性格に翻弄される危険性が潜んでいる。

日本列島改造の時代、このような挑発的性格が遺憾なく発揮され大量の自然破壊へとつながった。過去のことではない。問題意識は一切反省されることなく、今日も続いている。

危機からの回復

このような挑発的性格からの救いはないのか。

ハイデッガーはヘルダーリンの詩を取り上げて、「危険の存するところ自ら救うものもまた芽生える」として、「全面的に技術の狂奔が腰を落ち着け、その果てのいつの日か、あらゆる技術的なものを通して、徹底的に技術の本性が真理のうちに生存するにいたるであろう可能性」に言及している。

箱庭体験とアニミズム心性、自己治癒効果、そして木箱に添えられていた言葉のなかに人間存在の回復へのヒントがある。

空気さま
引力さま
自然の現象さま
ありがとうございます

ギリシャの哲学者たちは自然を作る元のものとして「水」「空気」「火」「土」の四大原質を考えた。その後、近代化学の確立とともに空気から酸素と水素が分析された。「空気さま」がなければ人間は生存することができない。空気を含めた自然を構成する四大原質には「ありがとうございます」と感謝するばかりである。

そこに「引力さま」が登場する。引力はニュートンによって発見された。この自然法則の発見による力学体系の確立は自然科学の認識を確実なものにし、ギリシャの素朴な自然観は忘れ去られ、機械論的自然観への転換となった。ここでは自然科学の確立を象徴する「引力さま」がアニミズム的心性の世界と同時に存在している。素朴な自然観と機械論的自然観の調和が求められねばならない。

橋

橋の本質について、アルジェリア革命に身を投じたフランツ・ファノンの言葉が思い出される。

一つの橋の建設がそこに働く人々の意識を豊かにしないものならば、橋は建設されぬがよい。市民は従前通り、泳ぐか、渡し船に乗るかして、川を渡っていればよい。橋は天から降ってわくものであってはならない。そうではなくて市民の筋肉と頭脳とから生まれるべきものだ。この橋が細部においても全体としても、市民によって考え直され、計画され、引き受けられるようにすべきなのだ。市民は橋をわがものにせねばならない。この時はじめて一切が可能となる。

ヤスパースは十九世紀初頭から中葉にかけての精神的状況について糾弾する。

大量扶養を目的とする技術的な秩序は瞬間的な欲求を満足させるだけであり、労働はその日の作業としか見なされず、人間という存在はたとえば恋愛とか冒険とかスポーツとか賭博といった方向か、それとも生の不安とか労働嫌いといった望ましからぬものとして制圧される方向に本筋をそらされて、「自己であること」が危うくされている。

人間存在の危機についての指摘は続く。

それに官僚主義が加わる。官僚主義はそれ自体が機構であり、言いかえれば機構になった人間であり、その人間に労働する人々が依存する。その結果、人には如才なさが要求され、追従し、腰巾着になり、少しばかり嘘をつき、そのための口実の発見に努め、見かけは謙虚なジェスチャーを作り、臨機応変に人情に訴え、決して自主性を示してはならない。しかも支配者となるために教育された者は一人もおらず、権勢の獲得は身の処し方、本能、価値評価に結びついているのだ。

これは八十年前のことではないのだ。まさに現在の日本の精神的状況をも表している。

表象形成や判断形成の逸脱

ヴォルフガング・ブランケンブルクは妄想について、それは単なる非真理ではなく、正常な状態では絶えず止揚され中断されている表象形成や判断形成が逸脱するものであると述べている。圧迫的な精神的状況のなかで出会いに恵まれず、臨機応変に対応することが困難になると、表象形成や判断形成の相互的な関係が作用しなくなる。表象や判断が互いに分離し、妄想として絶対化するようになる。

この男性は木箱体験を通じてアニミズムの世界へと退行することにより、こころの平衡を取り戻すことができた。居合わせた人たちが木箱体験を共有することを通じて達成されたのである。

限界状況と宗教体験

昔から知られている憑依体験に出会うことは近年少なくなった。僅か二、三十年間の変化である。登校拒否が注目を集め出した当初、民間の加持祈祷により精神的不調に陥った子どもによく出会ったものだ。難病の診断を受けると、治癒を願って加持祈祷に頼る人もめっきり少なくなった。

その理由の背景として医療の現場で情報公開が進んだこと、新しい治療技術の開発、健康情報の普及、終末期医療に対するスピリチュアルなケアの重要性についての認識などが挙げられるだろう。

憑依体験はこころの深層から消えてしまったか。一昔前の経験を思い出しながら、

現在の宗教体験について考えてみたい。

不動明王

ある年配の男性は糖尿病と診断されたが中途半端にしてきた。尿毒症を併発して人工透析が必要になった。急に信心深くなり、仏さんを拝むようになる。何回目かの透析後、言動不穏となった。透析を拒否するため緊急に診察を依頼された。

「不動さんが降りてきた！」

「医者は水分を制限して、殺そうとしている」

激しく興奮しており、スタッフがなだめても聞き入れない。

わたしは病者の体験が真実であり、信心深いからだと肯定する。

「それはよかったですね」

安心させながら詳しく話を聞くと不動明王に加えて、お大師さんも降りて来ている。

「絶対に透析はしない。お不動さんとお大師さんが不要だとおっしゃっている」

小刻みに震える手を、こちらの目の前に突き出しながら叫ぶ。

「仏さんが動かしているのですよ！」

前日、同室者に自殺をほのめかせていたのが分かった。

「腎臓病のほかに糖尿病もある。尿も出ない」

「血液も濁ってしまい、いくら洗っても綺麗にならない」

「死のうとお祈りしていたら、ドーッとお不動さんが降りてきた！」

不動明王は古代インドのシヴァ神である。密教で独特の性格を与えられ大日如来の変身とされている。恐ろしい形相の不動明王は生命力に溢れ、到底救われない人間をも救うことができる。八世紀から今日まで人々の幅広い信仰を集めている。

これにより患者は死の恐怖から逃れ、自殺の危機から救われた。このような憑依体験は、二十世紀はじめ森田正馬により祈祷性精神病として報告されている。

今日、神仏への過剰な祈願や加持祈祷による発病はあまり見られなくなった。しかし、このような心性はこころの深層に存在しており、わたしたちは家内安全、病気平癒を祈念してお不動さんにお参りしている。

南無妙法蓮華経

ある中年女性の膠原病の治療が難渋していた。うつ病の症状が見られ、自殺の危険があるということで往診を依頼された。

「もう直ぐ死ぬ」

看護師にすがりついている。

「見捨てないで下さい」

懇願していたかと思うと、突然、ガウンの紐を首に巻きつける。自殺企図である。

付き添っている母親が日蓮宗の熱心な信者であり、勧められて一緒に、一心不乱に「南無妙法蓮華経」を唱えはじめた。そんな矢先、突然、叫んだ。

「治った！」

安堵した表情になり、胸のあたりをしきりに撫でている。

「仏さんが、胸のところに来ている」

日蓮宗では仏陀の最終メッセージである「妙法蓮華経」が最も重視される。「南無妙法蓮華経」と唱えることにより救済される。仏さんの憑依を体験することにより自殺が回避された。

七福神

ある年配の主婦は、毎朝、「お日さま」を「大日如来さま」と拝んで信心していた。膠原病の経過が思わしくなく、医者から「一生治らない」との説明を受けた。

しばらく落ち込んでいたが、やがて宣言した。

「神様のお告げがあった！」

治療を拒否したため往診を依頼された。

一心不乱にお祈りをしている。

「七福神が助けにきてくれた！」

「それはよかったね」

しかし、なにやらブツブツとつぶやいている。

「まだ来ない神がいる」

その後、七つの神さまが揃って安心したようである。落ち着いた後で、どの神さまが遅れてきたのか尋ねたが確認できなかった。

七福神の憑依は一時的に情緒の安定をもたらした。

七福神はわが国の独特な信仰である。十四世紀にはじまり江戸時代を通じて庶民の間に広がった。七福神とは、インドに起源をもつ毘沙門天、大黒天、弁財天の三つの神と、日本の神である恵比寿、中国の寿老人、福禄寿、布袋より成っている。

これらの神々はわたしたちを災いから守り、食欲を与え、性欲を満たし、金欲を満たし、長生きを保証し、権力欲を満たし、笑いを与え、金銭欲を満たしてくれる。全ての欲望を満たしたいという庶民の願望が込められている。

ジリキ、タリキ

ルース・ベネディクトは日本人の宗教心性について述べている。

仏教と神道との両者を含めて日本の多くの宗派は、瞑想、自己催眠、恍惚状態などの神秘的修行法に非常な努力や力点を置いてきた。宗派のあるものはこのような訓練の結果を、神の恩寵の証左であると主張し、その根底を「タリキ」、つまり恵み深い神の力にすがることに置いている。これと反対の宗派では、禅がその最もきわだった例であるが「ジリキ」、すなわち自らの力のみを頼みとする。これらの宗派は、可能な力は自己の中にのみ存在する。そして自らの努力によってのみ、それを増大することができると教える。

このように紹介した後、アメリカ人と日本人の自我について触れている。

アメリカ人は観る我を自己の内にある理性的原理とみなし、危機に臨んでも抜かりなくそれに注意を払いつつ行動することを誇りとするのであるが、これに反して日本人は、魂の三昧境《さんまいきょう》に没入し、自己監視が課する掣肘《せいちゅう》を忘れる時、今まで頸のまわりに縛りつけられていた碾臼《ひきうす》が落ちたように感じる。

この指摘は現代の日本人にも当てはまるであろう。自己の内なる理性的原理に基づいて冷静に抜かりなく自信をもって行動するよりも、タリキにせよジリキにせよ、日本人は魂の赴くままに自己監視を忘れて行動する傾向がみられる。

親鸞聖人

タリキの宗教である浄土真宗の開祖、親鸞聖人は「歎異鈔」で述べられる。

少しでも病気をすれば、死ぬのではないかと心細く思われてくるのも煩悩の所為である。永遠の昔よりこれまで流転してきた煩悩の故郷は捨てがたく、いまだ生まれたことのない安養の浄土が恋しくないことは、まことによくよく煩悩が盛んなゆえである。
弥陀は急いで参りたい心がない者をことにあわれんでくださる。これが道理であるからこそ、いよいよ弥陀の慈悲大願は頼もしく往生は決定していると知るべきである。

このように説かれる親鸞聖人ではあるが、一方では弥陀が立てられた本願をよくよく考えてみると、「ただ親鸞一人のためである」とも述べておられる。浄土を説かれる親鸞聖人にして、それを「信じること」が最大のテーマであったのだ。

バイクで巡る

統合失調症を病む青年について母親から相談を受けた。母親は仕事の合間を見つけては、息子の病気の回復を願ってバスで遍路を続けていた。息子は気が向くとバイクを乗り回していた。それも心配の種であった。母親の願いは自立訓練施設に通ってくれることであった。一緒に遍路に出かけようと誘っても応じなかった。

母親は息子のことを全面的に「お大師さん」にお任せすることにした。お大師さんこと弘法大師空海は即身成仏され、高野山奥の院に生き続けておられる。「南無大師遍照金剛」と唱えることで救ってくださる。

母親の満願成就を待っていたかのように、息子がバイクで遍路に行くと言い出した。危ないからと気遣う母親をしり目に、一週間かけてバイクで四国八十八ヶ所霊場を巡った。しばらくして母親から訓練所に通い出したという報告を受けた。

若い女性の巡礼

ある若い女性の巡礼の体験である。対人関係に過敏であり、いつも相手にうまく受け入れられているだろうかと悩み、良い反応がないと拒否されたと感じて引っ込み思案になっていた。職場でも落ち着かず自殺を考えることもあった。

旅行雑誌で四国巡礼の特集記事を見ていて、突然、四国八十八ヶ所巡礼を思い立った。すぐに成就するほど巡礼は甘くなかった。遍路は徳島県の霊山寺からはじまるが、数ヶ所巡ったところで靴ずれがひどくなり歩けなくなった。

その後、アルバイトの合間を見つけてはウォーキングに努め、脚力の強化に努めた。

翌年、再び挑戦して満願成就となった。こころに深く残ったのは、現地で受けた「お接待」であった。

四国八十八ヶ所巡礼

今日、弘法大師の遺跡を訪ねて巡礼する人々があとを絶たない。四国霊場八十八ヶ所巡礼である。霊場を巡ることを遍路と呼び、その巡礼者をお遍路さんと呼ぶ。若い人の巡礼も少なくない。その距離は千四百キロにもおよび、一度で巡ると四十日ほどかかる。八十八ヶ所を回りきると結願成就となり、最後に高野山奥の院にお参りして満願成就となる。

菅笠をかぶり、「南無大師遍照金剛」と書かれた白衣を身に着ける。「南無」とは、「すべてをお任せする、おすがりする、帰依する」という意味である。「遍照金剛」とは大日如来の密教名であり、世界のすべての人々を照らすダイヤモンドである。

お大師さま、大日如来さまにお任せする。お大師さんとの二人連れ「同行二人」である。

お接待

お遍路さんは地元の人たちから飲み物、食べ物、時には金品などの無償の接待を受ける。それに対して、お遍路さんは納め札を渡す。見ず知らずの地元の人たちによるお接待は、彼女のこころに大きな影響を与えた。彼女の姿勢は大きく変わり、物事に前向きになった。

「同行二人」もよかった。これから一人ではなく、お大師さんとの二人連れだ。

宗教と精神療法

こころの安寧を求める宗教と、悩めるこころに働きかける精神療法は深い関係にあるが、混同されてはならない。ジリキの宗教である禅宗が思想的背景にあるとされる森田療法の創始者森田正馬は、「神、仏、真如とかいふものは、宇宙の心理、即ち自然の法則であって、法爾である。真の宗教は、自己の欲望を満たさんとする対象ではない。神を信ずるのは、病を治す手段でもなければ、安心立命を得る目的としてもいけない」と述べている。入院患者への治療を通して経験したことは、「キリスト教や真宗や、様々の信者があったけれども、此の療法によって、自然服従ということを体験して、従来の信仰が、虚偽であったといふことを知り、初めて正しき信仰の道を見出したといふ者が多かったのである」。

今日、宗教への勧誘が病を治す手段として利用されている場面に出くわすことは枚挙にいとまがない。

日本の精神療法

森田正馬は「自然に帰れ」と説く。「自然といふのは、人生の実際の事実であって、唯だ人生を有りのまゝに観、人生は人も我も、共に苦痛であると覚悟して、苦しきを苦しみ、恐ろしきを恐れ、喜びを喜べばよい。釈迦が大悟したのも、人生を安楽として、安心したのではない。人生の最も悲観たる諸行無常、是生滅法といふことを覚悟して、初めて其処に安心立命を獲たのである」。森田は主に神経症患者の精神の執着、自我中心的独断に対する精神療法としての森田療法を開発した。

同じく日本で開発された精神療法である内観療法はタリキの宗教であ

る浄土真宗の一派の修養法であった「身調べ」に由来する。身調べは生死無常を悟り、転迷開悟に至るまで「後生の一大事（今死んだらどうなるか）」を突き詰めて考える荒修業であり、宿善開発や安心立命を目指すものである。吉本伊信により改良が加えられ、宗教色を完全に払拭して、我執からの解放、自己啓発や悩みの解決法として用いられてきた。「内観療法」は嗜癖などの問題行動や心身の治療のために用いる。具体的には、母なる存在である人物を中心に、「してもらったこと」「して返したこと」「迷惑をかけたこと」について、徹底的に過去の自分の態度や行動を客観的、多面的、継時的に調べる。やがて自己像の否定的な変化とともに罪意識が強化されて心的転換が起こる。

西洋の自我の理論に基づく精神療法にしても、日本の「ジリキ」「タリキ」の心性に基づく精神療法にしても、それは人間から人間への働きかけの一つの様態である。こころのデザインは歴史的文化的背景に依存してさまざまであり、それに応じて西洋の精神療法が適応となり、あるいは日本の精神療法が適応となるであろう。日本の精神療法があわなければ西洋の精神療法に移ることも、その反対であってもかまわない。

いずれの技法によるにしても精神療法の目的はイディオス・コスモス（自己の世界）から解放してコイノス・コスモス（共通の世界）へと参加できるようにひとを解放することにある。そのためには人間存在の根本構造に対する本質的な洞察なしに済ませることはできないであろう。

あとがき

五十年前医学部を卒業しインターン修了後、脳外科の研修をはじめた。当時、脳外科は新しい領域として脚光を浴びていた。外科病棟は明るく窓からは神戸の街並みがよく見えた。脳外科手術は面白かったが次第に飽き足らなくなり、四年後に精神科に移る決心をした。大袈裟にいえば、物体としての脳への外科的アプローチとは反対の方向から脳の機能、こころの働きを勉強しようと思った。

当時の精神科病棟は重い鉄の扉に守られていた。ドアの右手にあった小さな窓をノックする。いぶかるような看護士さんの視線が注がれる。「だれ?」「これこれです」と告げる。ギィーとドアの軋る大きな音とともに重い扉が開かれた。脳外科の明るい病棟とのギャップはあまりにも大きかった。そんな時、わたしと入れ替えに精神科から内科に移ろうとする先輩がいた。「君はどうして精神科などに移ってきたのか。脳外科はこれからの花形だというのに。精神科のどこが面白いのか。ぼくも最初は精神科に興味があったが、今はまったくなくなった。そればかりか後悔している」。先輩の白衣の胸のポケットには血液などの検査小物が溢れんばかりに詰まっており、肩には聴診器が恰好よくかけられていた。両手を白衣のポケットに入れ、哀れむような視線を投げかけられた。やがて白衣の裾をさっそうとひるがえして重い扉を出て行かれた。

精神科へは大学院に入学することにした。精神科外来に通院している統合失調症の院生がいた。彼には独特のこだわりがあった。大学に入ることを「入学」というのなら、大学院に入ることは「入院」というべきである。それを聞いて、はっと思い当たった。精神科への転科については悩んでいた。わたしも精神科に入院するということではないのか。

大学院に在籍したお陰で医学部の枠にとらわれず勉強することができた。大学紛争の最中であったが、主科目担当の精神科黒丸正四郎教授、副科目担当の生理学須田勇教授からはこんな状況の時こそ医学部の枠を超えて勉強することが大切であると励ましていただいた。ありがたいことであった。文学部哲学科清水正徳教授のゼミに参加させていただくことになった。ゼミでの先生のお姿とともに、六甲台の文学部の教室から眺める神戸港の美しさを忘れることはできない。清水先生にはヘーゲル、ニーチェ、マルクス、現象学、実存哲学などについて多くのことを教えていただいた。先生は『人間疎外論』を出されて、授業では疎外のことをよく話されていた。わたしも受け売りで疎外という概念を症例の理解に用いようとした。ゼミに参加して驚いたことには、二、三行のドイツ語の購読に一時限をかけられていた。ニーチェ『力への意志』であった。医学部の外書講読では数頁が当たり前であり、精神科においても一頁は訳していた。精神医学と哲学の違いはあるが言葉の大切さを教えられた。大学院修了後も二年間、哲学科研究生にしていただいた。

およそ四十年前、近畿大学医学部が創設されることになり、初代岡田幸夫教授に誘われて神戸から大阪に移った。精神科臨床の生活に戻り、さまざまな患者さんたちと出会いながら長い年月が経過した。貴重な体験をわたし一人の記憶のなかにとどめておくのはもったいないと思いつつも日々の忙しさに紛れてそのままにしていた。

数年前松本工房の松本久木氏と出会うことにより本書は陽の目を見ることになった。松本氏は美術、演劇、学術書などを次々に出版され超人的努力を続けておられる。松本氏と知り合えたことは何よりも幸運なことであった。改めてお礼を申し上げます。

二〇一六年十月

主要参考文献

鈴木大拙『妙好人』法蔵館（二〇〇五）
萩原朔太郎『日本詩人全集14』新潮社（一九六六）
人見一彦『チューリッヒ学派の分裂病論』金剛出版（一九八六）
人見一彦『人間学的精神医学』勁草出版サービスセンター（一九九一）
人見一彦『分裂病への理解と治療』金原出版（一九九三）
人見一彦『病める心の世界』金原出版（一九九六）
人見一彦『分裂病概念の源流』金原出版（一九九七）
森田正馬『神経質の本態と療法』白揚社（一九七二）
山室静『ギリシャ神話』社会思想社現代教養文庫（一九七〇）
親鸞『親鸞全集五』真継伸彦現代語訳、法蔵館（一九八二）
荘子『荘子内篇』森三樹三郎訳注、中公文庫（一九八二）
ディディエ・アンジュー『分析的心理劇』篠田勝郎訳、牧書店（一九七三）
ドナルド・ウッズ・ウィニコット『情緒発達の精神分析理論』牛島定信訳、岩崎学術出版社（一九八一）
メラニー・クライン『妄想的・分裂的世界』小此木敬吾・岩崎徹也編、誠信書房（一九八五）
サン＝テグジュペリ『人間の大地』堀口大學訳、新潮社（一九八四）
ジャン＝ポール・サルトル『存在と無II』松浪信三郎訳、人文書院（一九七一）

ジャン＝ポール・サルトル『劇作集 恭しき娼婦』伊吹武彦・芥川比呂志・加藤道夫訳、人文書院（一九七〇）
ゲルトルート・シュヴィング『精神病者の魂への道』小川信男・船渡川佐知子訳、みすず書房（一九六九）
シュルテ・テレ『妄想』飯田真・市川潤・大橋正和訳、医学書院（一九七八）
アントン・チェーホフ『世界の文学27 チェーホフ』神西清訳、中央公論社（一九七四）
マルティン・ハイデッガー『ハイデッガー選集18〈技術論〉』小島威彦・アルムブルスター訳、理想社（一九七二）
ルートウィヒ・ビンスワンガー『現象学的人間学』荻野恒一・宮本忠雄・木村敏訳、みすず書房（一九六九）
フランツ・ファノン『著作集3 地に呪われたる者』鈴木道夫・浦野衣子訳、みすず書房（一九七五）
ミッシェル・フーコー『精神疾患と心理学』神谷美恵子訳、みすず書房（一九七〇）
エーリッヒ・フロム『愛するということ』懸田克躬訳、紀伊国屋書店（一九七五）
ガエターノ・ベネデッティ『臨床精神療法』小久保亨郎・石福恒雄訳、みすず書房（一九六八）
ルドルフ・ベルヌーリ『錬金術』種村季弘訳、青土社（一九七二）
ユージン・ミンコフスキー『生きられる時間1』中江育生・清水誠訳、みすず書房（一九七二）
ロロ・メイ『失われし自我を求めて』小野泰博訳、誠信書房（一九七〇）
モーリス・メルロー＝ポンティ『知覚の現象学I』竹内芳郎・小木貞多孝訳、みすず書房（一九六七）
カール・ヤスパース『ヤスパース選集28 現代の精神的状況』飯島宗享訳、理想社（一九七一）
アルチュール・ランボー『ランボー詩集』堀口大學訳、新潮文庫（一九八三）
シュザンヌ・リラール『サルトルと愛』榊原晃三訳、サイマル出版会（一九七二）
『興味ある精神症状群』宮岸勉監訳、医学書院（一九八二）
『生と死の思索――芥川龍之介の言葉』社会思想社編、現代教養文庫（一九六五）

人見一彦（ひとみ・かずひこ）

1940年京都府生まれ。近畿大学名誉教授。近畿大学医学部精神神経科学教室主任教授、近畿大学日本橋診療所長、近畿大学臨床心理センター長、近畿大学国際人文科学研究所長などを歴任。精神医学・精神病理学に関する専門書、一般書多数。

Hitomi Kazuhiko Essays I

こころの読み方

2016年12月20日　第1版 第1刷

著者：人見一彦

発行者／装丁／組版：松本久木

発行所：INITs

発売元：松本工房

〒534-0026 大阪市都島区網島町12-11 雅叙園ハイツ1010号室
電話：06-6356-7701／ファックス：06-6356-7702
http://matsumotokobo.com

印刷／サンエムカラー株式会社
縫製／有限会社成田商店
製本／新日本製本株式会社

Printed in Japan
ISBN978-4-944055-86-9 C0095